心靈的綠洲

遇見翻轉人生的一句話

目錄

揚升與洗滌心靈的文字賦格

品學堂創辦人、《閱讀理解》學習誌總編輯　黃國珍

當我讀完編輯寄來《心靈的綠洲》書稿的第一篇，我就被文章的內容與作者王壽來先生溫厚的心思給擄獲了。

閱讀這本書的經驗很奇妙。構成每一篇文章的設定是一致的，像是字典一樣，先有一個字，接下來是該字的解釋。而這本書將字轉換成一句寓意深刻的語錄，而後面開展一篇動人的故事，作為語錄的演繹。這看似簡單的規範，卻嚴酷的考驗作者本身的生活底蘊，同時也考驗其寫作的筆力。而王壽來先生精準又溫潤的故事敘述，加上適切地涉入作者的反思，連結起引領開頭的語錄，讓語錄文字更加閃耀著靈光與智慧。一篇一篇的讀著，反覆的格式積疊，竟成為如巴哈音樂的賦格，轉化似心智揚升與精神領受的洗滌。這心中的悸動，一如語錄本身所帶給讀者的觸動。

另一個閱讀此書的感受，讓我聯想到喝茶。茶樹吸收天地日月雲露精華存於翠綠的

葉子，經過繁複的手續與工法，濃縮於捲曲的茶葉中。而語錄凝鍊來自於生命日月生活的體悟，就像尚未沖泡的茶葉，蘊含飽滿的香氣與茶露，而作者以他書寫的溫度，釋放出語錄的智慧，讓我們品嚐其中的甘美況味，這過程像極了泡茶。在每一篇閱畢後的停頓片刻，內心感受會如飲畢一杯茗茶般，緩緩回甘，尾韻綿綿。

我在閱讀時還有一個有趣的發現，書中王壽來先生為此書挑選四十則語錄，除了這每一則語錄是這些偉大人物生命與心智的精華外，作者也藉由其內容在全書每一篇文章中召喚許多恆久、美好卻逐漸模糊的生命態度。書中作者以今日生活情境作為對應，賦予語錄文字外更為真實的同理連結，演繹出如實的體悟。這是一場精心策劃的情境劇，讓曾在他人世界中發生的感悟，於此在讀者心中真實上演。

「語錄」在今日有了一個年輕、新鮮的名號叫「金句」。這新詞雖然直白了些，卻也以「金」字點出其符合今日的價值感。但我依舊喜愛原有老派詞彙「語錄」，因為它有種純然屬於文字與精神面貌的質地。

「語錄」在現代的價值是什麼？我認為它以一種最精鍊的文字形式如咒語一般，提醒閱讀或持誦者一份不可遺忘的精神價值與信仰，同時也賦予內心力量，而這本書也具備同樣的價值。

王壽來先生這本新書《心靈的綠洲》，以名人語錄為引，融入他自身豐富的人生閱歷，和對生命的關懷與社會的反思。在文字的表現上，可以感受到他藝術涵養的底蘊，同時展現人文精神的廣度與深度，全書處處可見正向的精神力量及圓融的智慧。在這真假不明、是非難分、未來難解、人心不安的時代氛圍中，發行這本書的意義恰如書名《心靈的綠洲》，為每位讀者在心靈上，安置一座能夠休憩沉澱、蓄積力量、懷抱希望的綠洲。

推薦序

日日是好日！

作家　陳幸蕙

據說，名列「全球五十位最偉大領袖」，同時也是中國首富的阿里巴巴集團董事長馬雲，每天早上起床第一件事便是——對著鏡子激勵自己，然後出門工作。

我的一位朋友也說，她每天起床第一件事不是先看手機，而是「對自己 say yes！」讓自己「一起床就保持好心情」，然後，晨讀「充滿正向思維」之書十分鐘，為這全新的一天定調——

「那是我，」

猶記朋友說這話時，臉上綻放著開心的陽光表情：

「那是我，為自己加油和照顧、寵愛自己的方法！」

這位老愛說「一日之計在微笑」的好友，是我無話不談的閨蜜，我們常分享彼此對閱讀、生命和現實人生的看法，從不藏私。

因此，當我讀完王壽來新書《心靈的綠洲》後，一個雀躍的想法便是，一定要向她推薦這散文集，列入那優質晨讀的書單中。

因為，首先，書名「綠洲」的召喚，便令人興起悠然神往之情與欣然展卷之思。

其次，王壽來不只是誠懇的創作者，更是溫暖的分享者，因此全書包含作者自序在內的四十帖隨筆散文，不論娓娓道來、侃侃而談，或生動述說，莫不筆調親切，讀來令人愉悅。

而王壽來擷取自人間、生活的題材，立足島嶼、放眼世界的書寫取向，更帶領讀者突破狹隘格局，從開放性角度去思考、檢視諸多現實或生命課題如：親情、友誼、婚姻、愛、閱讀、旅遊、說話之道、掌握時間的藝術、積極的自我觀照等，當然，這之中也不乏作者在歲月激流中的個人省思與感悟。

此外，更由於王壽來是「語錄控」，自青壯時期便「緣結語錄書」，熱中蒐藏這類集靈思妙語之大成的書籍，於是在這本《心靈的綠洲》和他上一本書《生命的支點》中，遂都具體反映了這種有趣的熱愛傾向。

簡言之，此書在形式設計和書寫策略上，採取了一種獨樹一格的做法——每篇文章前，均冠以一則耐人尋味的名人雋語，然後，在此名人雋語的思維基礎上，信馬由韁，自在發揮，既與讀者於字裡行間切磋交談、經驗分享、觀念激盪，復在作者個人的推敲辯證中，建構心靈的綠洲，尋思人生的正解。雖不一定追求文字的尖新度與含金量，讀來卻無一不是有溫度的書寫。

至於王壽來於書中所精選的四十則名人雋語，也都是啟人深思、值得細品、可引為座右銘的錦句或警句。我個人最有感，也最喜歡的便至少有如下數則：

- 好好過你的人生，忘掉自己的年齡吧！
- 最要緊的一件行李，就是始終保有一顆愉悅的心。
- 壞消息是，時光飛馳而去；好消息是，你是駕駛員。

這三句嘉言均宛如暮鼓晨鐘，隱含修鍊當下的智慧，如再與王壽來演繹這三句話的作品合而並觀，更令人湧生如下體悟——

不管今天吹的是逆風，或順風？都應卸下不必要的包袱，擁抱自己，去打造一個充滿幸福感的日子！

而這，實在是讓生活趨於積極、讓個人心理素質強大的不二心法啊！

此外尚值一提的是，本書附錄收輯了王壽來所譯南非作家柏斯曼的兩篇小說〈歸於塵土〉、〈基督徒與天主徒〉。

王壽來曾派駐南非工作數年，在《加油，人生！》一書中，他曾說：「我住過的南非，一直是我們一家子魂夢相牽的第二故鄉。」（〈與大自然同行〉）因此，以南非小說家柏斯曼充滿在地關懷的作品為翻譯對象，收編至本書中，文學意義外，應更是作者對往昔難忘之南非歲月的一個紀念。

如就文學論文學，柏斯曼這兩篇小說，也確實都以高度戲劇性和充滿畫面感的筆法，呈現了上世紀南非種族歧視、宗教排斥的社會問題與現象，在極富張力的敘事進行中，充滿強烈的批判性。雖僅聚焦南非一時一地，但其中所指涉隱喻的理性思考、多元包容的暗示，卻超越時空，直指人性，具有滌淨人心的意義，令人難忘。

於是，在誠懇親切的散文之筆外，我們遂又有幸得見，王壽來手中另一枝生動的翻譯彩筆了。

簡言之，除附錄兩篇小說和〈紅寶之緣〉一文外，《心靈的綠洲》一書所收三十九帖隨筆散文與自序，都是作者自我對話，也與讀者，與歲月、世界對話的淡定書寫和真誠告白。

唐末五代之際，雲門文偃禪師曾說：

「日日是好日！」

雖然《心靈的綠洲》一書中並未如此明言，但透過作者所自在流露的樂活精神，能量滿滿的陽光心情、陽光態度，如是我讀，如是我思，如是我見且莞爾，卻明晰看見了這種幸福思維的映現。

若在婚姻、愛情世界裡，我們應該找一個「對的人」，才能幸福。

那麼，同理，在閱讀、書的世界，我們也應找一本「對的書」，才能開卷受益，有所收穫。

王壽來《心靈的綠洲》，便是這樣一本——

對的書！

——二〇二〇年九月三十日．中秋前夕

推薦序

幸福快樂的勵志

小說家　東年

有一天，將近下班時間，我臨時有事找王壽來；想到他有時喜愛為家人煮飯作菜，便開車去載他回家，這樣就能在車上談。他提了一只紅棕色厚皮箱，袋腹兩邊都飽滿鼓起，看起來像手風琴。我好奇問這結實耐勞的牛皮手提箱裝了什麼，答是公文。我自己每天也會批一點公文，大抵就是可、不可或如擬；他的公文，我想如果不是批如擬，當需擬這樣或那樣，還可能有要不然能怎樣。這樣的話，那一手提箱的公文當是會費去他整個晚上。因此，我自己心裡嘀咕這王壽來把自己弄得這樣忙，除了喜愛看書、收藏郵票，大概不會有時間做別的消遣和正常生活。

不料，我在這本書裡看他生活得很充實，能從眾看電影聽演唱，也能從俗融入鄰里生活。例如，他和家居附近的水果行老闆聊天，談工作、休息和旅遊，水果行老闆有感而發，表示一生最大遺憾是失信於過世的妻子，說自己幾次對她說生意穩定、有積蓄了就要帶她去瑞士玩，卻沒能兌現；說了「沒想到一場突如其來的惡疾，她就撒手而去，如今再怎麼追悔，都已來不及！」這樣有格言意義的話語。再如，他經過附近漢堡店，好奇門外立牌寫「長大後，這些年裡，你都被歲月帶走了些什麼」，就進店裡買了東西，並請教櫃台的年輕女孩標語的用途，又問她會怎麼回答那樣的問話，她答道，歲月帶走了「初心」，另一位女店員接著說：「我認為歲月帶走的，是我們的純真！」這樣的話語，實在也是格言。

王壽來譯介及整理中西名家格言，藉以談論生活理念，這事總有一、二十年，現在他用相關的格言作為引言，導出自己的生活回憶，同時也印證了始終如一的生活態度和思想。

我認識王壽來的時候，他在中央部會擔當局處長，二、三十年後他還是中央部會局處長，只是換了部會，且在這樣的位階退休。以他的學養、資歷、修養和敬業當然不應如此委屈，但，改朝換代總是會發生典章制度的毀壞，大肆分封和爭權，也就難免小人當道。這書中有一文，他回想起辦公室一個同事有一天忽然戴起尾指戒子說要防小人，因此，他引用美國教育家菲普斯的話語「君子的最終考驗，就是看他是否能尊重那些對自己可能一無用處的人」，以及《論語》說的「君子在乎的是道義，小人在乎的是利益」，來推崇君子的德性；甚至於自己說「小人應該屬於一種廣義的壞人，但未見得是作姦犯科之輩」，來寬容小人。這樣寬大胸懷，善待他人也善待自己，當然需要對世事無常的了悟；這書中多處可見佛陀之言，也可見他這樣胸懷的印證。

他在書中憶起以前住台北市牯嶺街底，離汀州路很近；那時，這條路是萬華到新店的鐵路支線，能聽到火車汽笛聲；這當然是口述歷史了。因此，這本書裡的有些回憶，可以看成是戰後嬰兒潮的成長，以及那個時代的故事。藉由這本書所做的人生回憶和反思，超脫的書寫，像是一種個人生命成長和歷程的心靈獻祭，可以看成是他在試圖評鑑以及繼續締造自己的審美生活；特別是，他正面明白的提出了人生目的在幸福快樂，用了邱吉爾「悲觀者在每一個機會中看到困難，樂觀者在每一個困難中看見機會」、亞里斯多德「人生的意義與目的，即在追求幸福」，以及班夏哈「用來衡量我們人生的終極貨幣，應是快樂，而非金錢或名望」的格言加以印證。

勵志，在生命各階段會有不同的需要，每個人也會有各自的指標，但，一定是要讓人覺得受足鼓舞充滿希望才行。就此而言，我看再沒比幸福快樂的勵志，更能勵志了。

寫作無關乎賺錢、成名、約會、一夜情，或交朋友。最終，它所涉及的，乃是豐富了那些讀者的人生，也豐富了你自己的人生。

Writing isn't about making money, getting famous, getting dates, getting laid, or making friends. In the end, it's about enriching the lives of those who will read your work, and enriching your own life, as well.

——美國暢銷作家 史蒂芬．金

代序：不須辛苦問虧成

前不久，跟一位友人喝茶聊天，對方問及我的業餘寫作生涯，究竟啟航於什麼年紀，我不假思索的告以，讀大學時就已開始投稿賺零用錢了。

當時《中央日報》副刊，算是全台數一數二的文藝園地，主編孫如陵先生則是備受敬重的文壇前輩，他抱持副刊應有「尺幅之內，有千里之觀」的理念，主持編務公正不阿，其審稿之嚴、退稿之速，人盡皆知，但我亦愈挫愈勇，補白的短文不計，竟也有兩篇長文幸邀青睞，刊於版面的正中央。

在那樣青澀的年紀，家境清貧的筆者，能靠塗塗寫寫就掙錢買書、吃冰、看電影，真令人感到開心。而更重要的是，這種微不足道的收穫，竟開啟了此後一生中筆耕不輟的志趣，且在多位出版家及主編厚愛之下，陸陸續續出了十來本譯著與散文集，給我的人生留下了幾許雪泥鴻爪。

飲水思源，我在寫作道路上遇到的貴人，包括隱地先生（爾雅出版社）、王榮文先生（遠流出版社）、蔡文甫先生（九歌出版社）等，都是台灣出版界開疆拓土、胸懷遠大之士。他們為斯土斯民出版了無數好書，提攜了無數作家與寫手，對知識的傳播、閱讀風氣的推廣，乃至社會人文素養的提昇，可說厥功甚偉，有口皆碑。

此外，長我十來歲、遠流的前總編輯周浩正先生，也是一直讓我感念在心的兄長。回想我跟周大哥結識的過程，不得不說冥冥之中似有一種特殊的緣分。猶記，大學畢業服預官役，我抽中「金馬獎」，發配金門外島，在野戰師司令部當少尉侍從官，某日有位少校人事官來到我居住的斗室檢查內務，看見我床邊貼的名條，就放下嚴肅的面孔，笑著說：「王壽來啊！我認識你，我寫的文章中引用過你在中副上刊出的翻譯文字！」

就這樣一句話，兩個階級懸殊、素昧平生的軍人，頓時熱絡起來，令人頗有一見如故之感。之後他多次屈駕前來看我，噓寒問暖，深怕我不適應戰地生活。如今回首年輕時在金門服役的那段日子，儘管淡忘的記憶，彷如清晨早已散去的寒煙，唯獨跟周大哥初見的那一幕，卻仍鮮明如昨。

說來，我跟周大哥緣結匪淺，在他告別軍旅生涯之後，無論是負責《書評書目》、《新書月刊》等文學雜誌的工作，或出任遠流出版社總編輯，常邀我寫稿，甚至在他創辦「實學社」，以首獎台幣百萬之破天荒壯舉，徵選「羅貫中歷史小說創作獎」時，邀我擔任三人評審團之一員，由此亦可見出他對我的知遇盛情。

此外，在周大哥的鼓勵下，我翻譯了多篇南非近代短篇小說大師柏斯曼（Herman Charles Bosman）的作品。讀者閱及其作，若想到現今世界各地族群及宗教衝突問題仍方興未艾，又如何能不佩服這位非洲文學家的不凡胸懷，以及洞燭幽微的睿智。附錄中所列的〈歸於塵土〉及〈基督徒與天主徒〉兩譯文，即為柏斯曼的代表之作。

當然，我之所以能勉強成為一名業餘寫手，也得歸功於多位文壇友人的美意，例如《聯合文學》的主編許悔之兄找我寫專欄、小說家東年兄延攬我在《歷史月刊》開闢「金石銘言」園地、《中華日報》副刊主編羊憶玫邀我寫「心靈的綠洲」系列文章等等，不一而足，無形中陸續點燃了我寫作的爝火。

然而，儘管稿約不斷，但創作的困境與甘苦，也使我領悟為何古人會有「文章千古事，得失寸心知」的感慨了。就我個人而言，遇到文思枯竭、力不從心之時，每每想到以《老人與海》一書，榮獲諾貝爾文學獎的美國作家海明威（Ernest Hemingway）曾如此表白：「我一再重寫《戰地春夢》的結局，最後一頁重寫了三十九次才告滿意」，跟這位文學巨擘相比，不知一般作家有誰是如此努力呢？而凡夫俗子如我，更是望塵莫及，豈能不加倍自我勉勵？

事實上，近年來我寫的文字，多半有一點勵志的味道，而勉人的同時，也在自勉。這倒不是因為自己心存「以文濟世」的宏願，而是隨著生活閱歷的增長，益發感受到人間多苦難，亦多旦夕之禍福，即使是再順遂的人生，生老病死、生離死別的劫難，誰能倖免？

此外，命運的乖舛、事業的受挫、情感的受傷與背叛等，無不是紅塵舞台上日夜輪演的戲碼，因而，我們需要更多正向的能量、心靈的撫慰，以及精神上的支持，激勵我們面對人生的風雨，鼓勇前行，走出生命的幽谷。

就我所寫文字的內容來說，大多為閱讀心得、旅遊感想、社會見聞，以及平日的所思所感。乍看題材或許不一，惟其風格卻相當一致，亦即無不是在揭示人生的光明面，擴大生命的視野，激發面對逆境的勇氣，探討如何活出成熟的人生，以及鼓吹活在當下、愛要及時的人生至理。

讀者不難發現，幾乎每一篇文章，都引用了世界名人的佳言，作為全篇的警句與亮點。事實上，年輕時筆者就極愛閱讀偉人傳記及語錄，近二三十年來所蒐集到的英文語錄書，少說也有一兩百種之多，它們不僅僅是筆者的精神食糧，而且也成為執筆時取材的源頭活水。

回首漫漫來時路，自認可圈可點之作寥寥無幾，但我一直很認同美國驚悚小說泰斗史蒂芬．金（Stephen King）所說的：「寫作無關乎賺錢、成名、約會、一夜情，或交朋友。最終，它所涉及的，乃是豐富了那些讀者的人生，也豐富了你自己的人生。」

僅此一語，已道破了寫作一事的終極意義，讓我覺得，不管過往的創作成績如何，更「不須辛苦問虧成」，自己終歸沒有虛擲歲月！

末了，我要特別感謝慨然作序的散文家陳幸蕙與小說家東年兩位文壇先進，以及推廣閱讀卓然有成的黃國珍老師，他們的推薦序，讀來親切有味，引人入勝，也讓我有如獲知音之感。當然，我也要衷心感謝遠流的董事長王榮文先生，他是台灣出版界的舵手，長期以來，對我這個業餘寫手始終鼓勵有加。

此外，負責本書文編的曾淑正副總編輯，為使此書能以最完美的風貌出場，所展現的敬業、專業、耐心與才華，在在令人感佩不已，她隱身幕後，默默付出，我將永銘在心！

如果你因錯過太陽而流淚，那麼你也將錯過群星。
If you shed tears when you miss the sun, you also miss the stars.
——印度哲人 泰戈爾

「遇見」泰戈爾

日前，應邀擔任某機關一項招標案的評審，中場休息時使用洗手間，瞥見牆壁上貼著一張張印有勵志金言的小卡片，凝神一瞧，面前那一張所寫的，竟是一句印度哲人泰戈爾（Tagore）的名句，我不禁眼睛為之一亮，心想，怎麼連在這種地方都會「遇見」泰戈爾，足見有慧心的公務員還不少啊！

事隔不過數日，跟一位老友小聚，他興致勃勃的詢問我，願否在今年暑假跟他聯袂參加旅行團，暢遊印度，我深知我這朋友屬於「說風就是雨」的急性子加行動派，不管有伴無伴，八成他是去定了。

眾所皆知，古印度可是人類文明的發源地之一，其歷史的悠久、文化的豐厚、風土人情的獨特，堪與中國和埃及相提並論，因而，即使是蜻蜓點水、走馬看花似的走走瞧瞧，亦必收穫滿滿，不虛此行。

雖然心中一直有這樣一種憧憬，但讓我對老友的提議心動不已的真正原因，卻是半年前讀到一則外電的新聞報導，提及某一重量級政治人物在訪問印度期間，應邀在「世界事務協會」發表演講時，當場吟誦了數則泰戈爾的詩句，博得滿堂的喝采。

這讓我想起自己年輕時也曾是標準的泰戈爾迷，而他所寫的《漂鳥集》（*Stray Birds*）中英對照版詩集，至今仍是書櫃裡的最愛，三不五時，我還會隨興取下，如逢故人般的，口念心記上幾則。

說來，泰戈爾與中國的淵源頗深，他在一九一三年以亞洲第一人之姿，榮獲諾貝爾文學獎之前，作品就已陸陸續續被譯成中文，風行一時，而在一九二四年旋風式訪華四十九天，在各重要學府公開發表演講十餘場次之後，於中國內地，更掀起了一股鋪天蓋地的泰戈爾熱，使他成為上世紀二、三十年代，最多作品被譯成中文的外國文學家。

彼時的文藝青年，受胡適、徐志摩等人的引領，能隨手拈來背上幾句泰戈爾的短詩者，比比皆是，而時至今日，在台灣的青年學子中，能有此功力的人，恐怕並不多見，甚至，有些新新人類，就連泰戈爾是何許人也，也都懵懵懂懂，遑論能背誦其傳世的名篇，抑或體認其作品的價值了。

平心而言，泰戈爾能成為印度文學泰斗，亦非浪得虛名，你若上網掃描一下瑞典諾貝爾獎的官方網站，讀到百年前他獲獎的理由為：「他以自己的英語文字，爐火純青地表達如詩的思緒，經由極為敏銳、清新與美麗的詩文，進入西方文學的殿堂」等語，即可知彼時世人對這位東方文學大師是何等的推崇！

泰戈爾在文學的天地裡，是一位不折不扣的多面手，傳世的作品，計有散文、詩歌、小說、遊記、戲劇、歌曲等，數量可觀，而筆者早年所接觸過的，包括《漂鳥集》三百二十六首詩作在內，也只不過是其中一小部分而已。

儘管如此，多年來，泰戈爾的諸多話語，始終迴盪於我心際，甚至多多少少已內化成我面對生活、思考問題的基調。細想起來，泰戈爾的嘉言慧語，真是不勝枚舉，當然，這也是見仁見智，人們各有偏好，在此，且隨意舉出幾則筆者個人最喜歡，可能也是不少人最耳熟能詳的詩句，由此亦可看出泰戈爾文字的簡練與雋永。

例如，泰戈爾說：「要活得快樂，很簡單，但要活得簡單，卻很困難。」如此平易的語言，所點出的哲理，何嘗不耐人尋味？泰氏所強調的應是，人們想要活得快樂，活得怡然自得，就必須生活得單純，然而，可悲的是，身處現今金錢掛帥、物慾橫流的社會，要維持某種樸實無華的生活方式，又是談何容易！

再如，論及對生命的態度，泰戈爾說：「讓你的生命，像葉尖上的露珠，在時間的邊緣上輕盈起舞。」所欲表達的，或許是勸人惜福感恩，善用造物主所賜予的每一天，活出自我，也活出最大的圓滿。這一句話看似有些費解，其實，只要對照於他在《漂鳥集》中的另一句名言：「讓生時麗似夏花，死時宛如秋葉」，似乎就不難掌握此話的真正意涵了。

換言之，泰戈爾雖然形容人生短暫如朝露，卻非從消極的角度切入，而是鼓勵人們要懷抱理想與信念，勇往直前，故他也曾如此說：「如果無人響應你的召喚，那麼，你仍應獨自走自己的道路。」所揭示的，縱然不是千山我獨行的湖海豪情，也是一種不妥協、不媚俗的擇善固執。

在泰戈爾詩文的字裡行間，處處可以感受到他正面看待人生的心念，人們喜歡他在《漂鳥集》所說的：「如果你因錯過太陽而流淚，那麼你也將錯過群星」，正因為他是以智者的悲憫之心，開示世人：當面對無可挽回的過去，須懂得及時放手，否則你的淚眼將模糊了視線，讓你錯失人生其他美好的事物。

這次與泰戈爾的「不期而遇」，無形中，讓我再次接收到大師詩文的能量，也使我有機會在黃昏已近、路長人困的人生階段，又一次檢視自己目前習以為常的生活步調！

世間最美好的事物，是無法被看見或觸摸的，必須用心靈去感受。

The best and most beautiful things in the world cannot be seen or even touched.
They must be felt with the heart.

——美國盲人教育家 海倫．凱勒

五三〇公車上的故事

友人知我常搭乘住家附近的五三〇公車，故以手機問我是否聽說在此線公車所發生一樁充滿人性溫暖的故事，他將傳給我一則紀錄影片，以證所言不虛。

我雖知友人每每喜歡故弄玄虛，逗人開心，仍在腦海中窮追力索了一番，自忖實在未遇到什麼特別值得津津樂道之事，倒是月前在五三〇車上有過一件小插曲，讓我頗為感慨。

記得，那是一個有幾分寒意的午後，車上的乘客寥寥無幾，我落座於靠右側的位子，隨意閒看著窗外欲雨的雲天，以及一片灰濛濛的街景，突然聽見坐在左前方一個約莫五六歲的小男孩，跟其母親講話的聲音。

我不禁將目光飄向這對母子，沒料到那個小男孩也同時轉頭朝我這邊望過來，當四目相接時，他竟沖我微笑著說：「阿伯好！」被他冷不防的喊了這麼一聲，頓時讓我有點受寵若驚，趕緊回說：「小朋友，你好！」這時他的母親顯得有些尷尬，也向我友善的點了點頭。

這對母子早我幾站下車，起身時，小男孩又以天真無邪的目光搖著手對我說：「阿伯，拜拜！」我開心的應道：「小朋友，再見！」接著我還補了一句：「小朋友，你很有禮貌啊！」

說實在的，過往我坐過的公車，不知凡幾，何曾遇到過有小朋友主動跟我打招呼？講起來固然是一件微不足道的插曲，卻在我心中烙下了印痕，蓋因生活在現今大都會的人，對人際之間的冷漠與疏離，早已習以為常。

想來，許是先入為主的心理在作祟，我對朋友口中所提的公車故事，直覺認為恐有言過其實之嫌，直到自己打開他傳來的影片檔，才猛然憶起先前早就已看過此一發生在美國底特律市感人肺腑的紀錄片，只是此刻已完全不記得故事中那路公車的車號，竟然也是五三〇。友人想必看準此點，故意張冠李戴，開我一個小玩笑而已。

這則真人實事的新聞，最初是由當地第一大報《底特律自由報》在二〇一六年二月間所披露。講的是一位高齡八十六歲的銀髮公務員弗卡沙（Angelo Fracassa），在市中心的國稅局服務六十年後告老退休，而一甲子以來，風雨無阻、一成不變的，他每天都一定會搭乘該市的五三〇公車上下班，其身影無形中成為該路公車一道熟悉的風景。

那個星期五，是他最後一天的上班日，傍晚他依依不捨的與同事道別後，一如往常般，拄著拐杖在路邊候車，卻怎樣都想不到有一個令他忍不住淚崩的驚喜場景，即將在他面前上演。

不久，一輛五三〇公車緩緩駛來，等他上車後，竟發現車內裝飾著各色氣球與彩帶，而且怎麼車上的乘客全是他的同事與親友，大家臉上都堆滿了笑容，並在一片歡樂的氣氛中，紛紛趨前向他道賀、祝福、熱情擁抱，讓弗卡沙感動得熱淚盈眶，再三稱謝。

這還不說，這輛公車一路行駛，每停靠一站，就有他的家人陸續上車，他們人手一面人像牌子，可別以為它是在萬聖節常見那種假面，而是老爹從青澀少年、英挺青年、成熟中年，到歷經風霜的老年各個階段的留影，象徵著他走過的漫長人生歲月。

這輛五三〇公車最後載著全車人，開到一家著名的義大利餐廳，在那兒已有更多的親戚、朋友與同事等待著弗卡沙老爹的到來，就連社區教堂的牧師，亦應邀躬逢其盛，帶領眾人做了謝飯禱告。

這場別開生面的餐會高潮，是大家聯合送給弗卡沙一對五三〇公車上的座椅，作為其榮退的紀念。當他在一片祝福的熱烈掌聲中，偕其老伴並肩坐在這種他已坐過六十年的椅子時，不禁感動得頻頻拭淚，連說他實在承受不起！

在場的《底特律自由報》記者，目睹了這極其溫馨、感人的一刻，他對弗卡沙也做了簡短的訪問，在談及為何擁有高學歷，本可以另謀高就，卻寧願窩在當地國稅局一輩子時，老爹毫不遲疑的表示，對他而言，生命中最重要的是上帝，其次是家庭，再來是為國家服務的機會，守住此三者，也就無負此生了。

這則充滿人情味的真實故事，經由國際平面及電子媒體的廣為報導，傳遍了世界各個角落，也觸動了無數世人的心。人們對一位年登耄耋的公務員，終生熱愛一份工作，矢志不移的堅守工作崗位到最後一刻，無不是既感動又敬佩。

此外，同樣令人心有所感，不得不為之豎起大拇指的，是底特律那路五三〇公車主事者的不凡胸懷。他們不僅發揮了高度的同理心，而且也真誠實踐了所謂「以客為尊」的職業倫理。

此事若是換到號稱最有人情味的咱們台灣，又是如何？儘管國情與文化迥異，不知有無可能同意乘客在公車上張羅起氣球、彩帶，甚至准予更改既定路線行駛，直接把公車開往一家飯店，以及大方提供公車上的座椅呢？

美國盲人教育家海倫．凱勒（Helen Keller）曾說：「世間最美好的事物，是無法被看見或觸摸的，必須用心靈去感受。」

我在台北的五三〇公車上，感受到一個小男孩的純真善良，而我也從一部網路影片中，見證一個發生在底特律五三〇公車上的真實故事，進而感受到那種難能可貴的人性光輝！

仁慈是一種聾子能聽見、盲人能看見的語言。

Kindness is the language which the deaf can hear and the blind can see.

——美國作家 馬克・吐溫

一家手語餐廳的誕生

如果你從未學過手語，對手語也一竅不通，卻誤打誤闖的踏入一間只能用手語與服務生溝通，而且僅可用手語點菜的餐廳時，你會如何反應呢？是不假思索的掉頭走人，或是樂於「入境隨俗」，以既來之則安之的開放態度，去體驗及享受一次別開生面的用餐方式。

月前，加拿大多倫多就開了這麼一家備受矚目的餐廳，世界重要媒體無不競相報導，也引發了不少餐廳經營者與老饕們的熱烈討論。這家取名為「手語」（Signs）的餐廳，大概是怕人誤以為是手語學校什麼的，故在它極其醒目的店招下方，標明是餐館與酒吧。

或許，你不免好奇，客人未見得都是聽障人士，若絲毫不懂手語，又如何比手畫腳的點餐，會不會因而鬧出一堆烏龍與笑話？其實，貼心的店家早就設想及此，不懂手語的客人一落座，就可發現菜單、桌面以及四周牆壁皆有手語教學圖示，供顧客臨場現學現賣，如此幾可解決一切點餐、用餐問題，包括與服務生做簡單的交談。

說實在的，聽障人士不易找到穩定的工作，這並非加拿大一國如此，而是舉世皆然的普遍現象，台灣當然亦不例外。而多倫多這家手語餐廳的老闆，宅心仁厚，他毅然決然的以實際行動服務聽障社群，不但優先錄用聽障者為主力員工，而且也以別出心裁的點餐方式，大力推廣手語，藉此讓人們更進一步了解聽障社會的文化。

可想而知，這樣一家開風氣之先的手語餐廳，能否一炮而紅，或長期經營下去，事先實難逆料，就連店家自己也無絕對把握，所幸它自開張以來，一直大受歡迎，經常一位難求，有意上門者非得早早訂位不可，而這倒不是因為其餐飲有多麼出色，而是大家都想感受一下新的生活體驗，也躍躍欲試的想看看自己能否做到「手語即時通」，順利點餐。

從店家的立場而言，開此餐廳的主要目的，不在於牟利，如今一開張就能夠門庭若市，固然教人喜出望外，但最令他感到欣慰的是，他的初心，獲得祝福，他的發心，獲得廣大社會的回應，他的善心，獲得聽障朋友一致的肯定！

換言之，這家手語餐廳之所以能像春雷啟戶般，驚動萬方，不僅在於它雇用了三、四十位聽障者，讓彼等有一安身立命之所，更在於它喚醒了人們的良知與正義感，使大家驚覺到，長期以來，聽障者普遍受到社會的歧視與不公待遇，屬於人權受到侵害的弱勢族群。

平心而論，一般正常人的確很難將心比心的，體會到身障者所面臨的挑戰與困難，否則年幼失明又失聰的美國著名教育家海倫・凱勒（Helen Keller），就不會在其傳世散文名篇〈假如給我三天光明〉中，提到：「我常想，如果每一個人在其成年的早期，有幾天時間能成為瞎子與聾子，應不失為一件幸事。黑暗將使他更珍惜視力，寂靜將教他領略聲音的美妙。」

這位曾被美國《時代週刊》選為「人類十大偶像之一」，並榮獲美國「總統自由獎章」的二十世紀典範人物，一針見血的點出了人們往往把天賜的官能視為理所當然，毫不珍惜，而對聽障或視障者所受到的身心痛苦，也常常冷漠以待，遑論挺身而出，為其福祉與權益盡一己之力。

相形之下，多倫多手語餐廳老闆的義行，就益發顯得難能可貴，其作為不啻是聽障者的一大福音！同樣值得一提的是，早於二〇〇四年，在巴黎龐畢度中心附近，就開了一家名叫「在黑暗中」（Dans le noir）的餐廳，員工全為視障者不說，登門的客人，無一例外，必須在伸手不見五指的一片漆黑中用餐。

你也許想像不到，這家黑暗餐廳已成為許多食客「朝聖」之所，想要一窺其真面目者，每每需要在一個多月前訂位，才能如願以償。儘管如此費神費事，多數人還是覺得不虛此行，因為，生平第一次，他們如夢初醒般發現，在黑暗中摸索著進食，自己的味覺與聽覺竟可如此靈敏。

如今巴黎的「在黑暗中」，鴻圖大展，觸角不斷延伸，在倫敦、巴塞隆納、紐約、莫斯科、聖彼得堡等地都可見其連鎖據點，它們以「美食新體驗」、「感官新經驗」為號召，廣獲大眾認同，也使其成為當地著名的特色餐廳。

由此可見，在人世的道路上，願做黑暗中的光，為瞎子領路者，還大有人在！猶記，筆者年輕時讀到美國大文豪馬克・吐溫的語錄：「仁慈是一種聾子能聽見、盲人能看見的語言」，內心並無所感，如今數十寒暑已過，自己已到「倦眼看盡人間事」的年紀，再思此言，就很能體認其深意了。

在咱們台灣，處處餐廳林立，種種美食不斷挑戰人們的味蕾，然而，不知在這塊以人情味著稱的土地上，究竟何時何處才會有手語餐廳、黑暗餐廳的出現呢？

我們每一個人都只能活一回，但如果活得誠實，一回已足。

Every one of us lives his life just once; if we are honest, to live once is enough.

——美國巨星 葛麗泰．嘉寶

可敬的冰島漁夫

冰島是北歐國家，鄰近終年天寒地凍的北極圈，年均溫只有攝氏四、五度，可耕地不及領土的百分之一，天然條件堪稱惡劣，但身為海盜後裔的冰島人，卻能發揮人定勝天的精神，經過數百年的努力，把家園建為人間樂土，甚至在二〇〇八年一度還被評為全球最適合居住的國家。

就在不少冰島漁夫紛紛改穿西裝，搖身一變成為銀行家之際，一波殃及全世界的金融海嘯鋪天蓋地而來，冰島人未能倖免，一覺醒來，山河變色，國家瀕臨破產，每位冰島國民平均負債約台幣八百八十萬元。

一向對國力頗感自豪的冰島人，做夢也想不到自己美好的生活竟然一去不返，錯愕之餘，不得不深刻省思問題之所在，以及他們究該何去何從。於是在二〇〇九年底，人數多達一千五百名冰島的社會菁英，齊聚在首都雷克雅維克，開會討論他們的國家要仰賴什麼力量才能浴火重生，從新出發。

與會者分成一百六十二桌，分組探討什麼才是冰島社會賴以永續發展的基石。此一現代版的「國民會議」，可謂破天荒之舉，經過眾人一再腦力激盪，以及唇槍舌劍地激辯，終於獲致一項重大結論，那就是：冰島應該找回傳統的價值觀，朝野今後必須努力倡導「誠實至上」的社會風氣。

這樣的決議，既非石破天驚，也談不上擲地有聲，但卻是冰島民意領袖痛定思痛、虛心檢討後的共識。誠實一詞，拆解開來說，就是誠誠懇懇、實實在在，任何人被冠以此詞，都應感到三生有幸。說實在話，一個誠實的人，未見得能功成名就，無往不利，但必能俯仰無愧，受人尊重與信賴；一個誠實的企業，未見得能生意興隆，財源廣進，但必能享有良好的信譽與形象。反過來說，一個社會的沉淪，固然是冰凍三尺非一日之寒，然而其社會核心價值的淪喪，難道不是罪魁禍首之一嗎？

誠實不容打折，這是無數有識之士總結其生命經驗所拈出的人生至理。舉例而言，我個人很喜歡瑞典裔美國女星葛麗泰．嘉寶（Greta Garbo）所講的一句話，至今每一念及，仍不免心有所感。她是這樣講的：「我們每一個人都只能活一回，但如果活得誠實，一回已足。」葛麗泰．嘉寶曾獲頒奧斯卡終身成就獎，一九九九年也被美國電影學會選入百年來最偉大的女演員排行榜。

無獨有偶的，享譽世界文壇的我國作家林語堂先生不也是如此說過：「最重要的是，我們雖然知道生命有限，仍能決心明智地、誠實地生活。」對大多數人而言，終其一生，可能既無遠大的抱負，亦無傲人的事功，一世辛勞，所求的只不過是安身立命、養家活口而已。如此腳踏實地、不求聞達的為生活打拚，表面上或許無足可觀，實則個人就像匯入泱泱河海的涓涓細流一樣，無形中已成為沉默的社會中堅。

換句話說，一個人若能誠實地過活，盡自己應盡的本分，並以實事求是的態度面對生命中的風風雨雨，一輩子縱然沒有什麼「立德、立功、立言」的不朽事跡，而人生海海，也就不算交了白卷！

誠實，是一個人品德的正字標記，它的存在並不一定需要成就什麼，因為它本身即是一種了不起的成就。冰島漁夫的抉擇之所以可敬，正是因為他們體認到誠實的重要，他們守住了自己應守的道！

沒有笑聲的一天，就等於白活了一天。

A day without laughter is a day wasted.

——美國喜劇泰斗 卓別林

笑容無價亦有價

笑與哭一樣，都是人類與生俱來的本能，也是一種表情達意的身體語言，而其運用之妙，卻是存乎一心。一個時時面帶微笑的人，往往予人以如沐春風之感，一個喜歡開懷大笑的人，每每能把歡樂傳播給他人。

換言之，一個懂得逗別人開心、具有幽默感的人，很容易就能成為備受友朋歡迎的開心果，所到之處，必是舉座皆歡，笑聲不斷，甚至原本是嚴肅、凝重的氣氛，只要是有他現身，三言兩語，立時就能使眾人受其感染，把現場變得輕鬆愉快起來。

可想而知，一個能常常把歡樂帶給別人者，自己也一定樂在其中，而且也一定深諳「獨樂樂，不如眾樂樂」的道理，無形中，不啻為波蘭十九世紀最偉大的詩人密奇威茲（Adam Mickiewicz）的名言「惟有與他人分享，生命的佳釀方顯甜美」，做了最佳的註腳！

日前，筆者參加了一場老友兒子的婚禮，對笑容所能發揮的魅力，又有一番新的體驗。這場婚禮雖然請來牧師主持福證，儀式卻不是在教堂舉行，而是在一家五星級大飯店的花園進行，場面既莊嚴又溫馨，且有別開生面的安排，讓人不得不佩服年輕人的浪漫與巧思。

過程中行禮如儀的細節，倒也司空見慣，可是，生平我頭一回目睹，在牧師與諸親友的見證下，新郎與新娘各做了幾分鐘感人肺腑的真情告白，使得端坐在第一排的雙方主婚人深受感染，忍不住頻頻拭淚。這還不說，新娘更別出心裁，拿起麥克風，凝視著面前的新郎，清唱了一段歌曲，歷數自己在六年愛情長跑過程中，所感受到的酸甜苦辣。

歌詞中有這麼一句：「我以前不知你是如此會搞笑，逗得我們全家都笑彎了腰！」似乎也透露了，男友極具喜感的人格特質，不僅贏得了她個人的芳心，同時亦贏得其家人的青睞，讓全家一致投下了贊成票！

說來，搞笑是自娛娛人，自身開心，使別人亦開心的行為，對爭取好感，建立人際關係，不無助益。然而，笑的功用與益處，遠大於此，根據醫學家的研究，笑可是維持身心健康的免費良藥，它可以促使大腦分泌一種名叫「多巴胺」（dopamine）的神經傳導物質，讓人產生快樂及愉悅之感，因而得以減輕精神壓力，舒緩緊張情緒，強化身體免疫力。

笑的功效儘管如此之大，但環顧筆者周圍眾多同事與朋友中，能經常笑口常開者，卻是屈指可數，可見在生活的負荷與工作的壓力下，要時時展露歡顏，亦非易事，無怪乎法國浪漫主義大文豪雨果（Victor Hugo）會說：「笑聲有如陽光，驅走人們臉上的寒冬」，意在提醒世人，不管現實生活中有再多的愁苦，仍要懂得苦中作樂，豁達面對。

雨果是世界經典文學作品《悲慘世界》的作者，他筆下的人物賺盡世人的眼淚，可想而知，他對人生可能的苦難，體認何其之深，是以，他的開示當非無的放矢。而上世紀好萊塢喜劇泰斗卓別林（Charlie Chaplin），更直截了當的指出：「沒有笑聲的一天，就等於白活了一天」，講得直白，卻意義深長。

笑是天賦，笑聲無價，這是不爭之事，而且，即使你在看一部精彩萬分的喜劇片，笑得前仰後合，樂不可支，也不用付較多的票價。然而，為因應演藝市場所面臨的挑戰，以及數位科技的發展，此種情況卻有了令人意想不到的改變，比方說，你在觀賞喜劇時，票價與笑容會形成正比關係，亦即笑得愈開心，所要支付的票價就愈高。當然，你若強忍著笑意，也可能分文不付。

此種收費制度，雖然尚在實驗階段，但已有成功的實例。二〇一三年，西班牙政府大幅調高了文化事業的營業稅，即自八％調高至二一％，造成劇院在短短一年之內流失了將近三分之一的客群。在巴塞隆納有一家名叫「新劇場」（Teatreneu）的喜劇劇院，為了找回流失的觀眾，就決定祭出頗具創意的高科技解決辦法，終於一舉挽回票房的頹勢。

這家劇院二〇一四年春開始啟用一種臉部辨識系統，也就是在每一個座位背後裝設了臉部辨識器，觀眾可免費進場，但需依笑容結帳，每笑一次，就以〇．三歐元（約合台幣十塊錢）計，每場演出最多只計算到八十次，也就是至多需付二十四歐元。此一別出心裁的行銷手法，實施以來大受歡迎，迄今觀眾數量已成長了三五％之多。

以笑計價，看似古怪，惟觀眾笑不笑操之在己，所以，也應算是天公地道、合情合理的收費設計，而最重要的是，人們在劇院裡找到了歡樂，也領會到笑容的可貴，最起碼，在看戲的那一天，就絕不會是一代笑匠卓別林所形容的「白活了一天」！

千萬不可低看任何人，除非你正要拉他一把。

Never look down on anybody unless you're helping him up.

——美國人權運動領袖 傑克遜牧師

最美的一道風景

人過中年之後，往往對時光流逝的無情，愈為敏感與焦灼，就我而言，感覺上，好像眼角的餘光，才剛剛送走了熱鬧滾滾的春節，現在就又見媒體報導，多家慈善團體已準備在端午節時，分送粽子給淪落街頭的流浪漢。

談到無家可歸的街友，讓人印象深刻的是，社會上雪中送炭的行動，從未間斷，特別是逢年過節，在全台各縣市都可見到的街友宴，無形中成為一道台灣獨有的美麗風景。

這些動輒數十桌、數百桌的街友餐會，所動員的社會力量極為可觀，其中固然包括一些頗具財力的基金會或慈善團體，但也不乏是抱持人溺己溺精神的善心人士，甚至是一些過往落難於人生道路，一度受人濟助，今以「食人一口，還人一斗」之心感恩圖報者。

不消說，舉凡曾經在生活上歷經起落蹭蹬的人，往往對世間弱勢族群的困境，較具同理心。近的不談，就以盛唐大詩人杜甫來說吧，他經歷過「支離東北風塵際，漂泊西南天地間」流離失所的人生苦旅，因而在其詩作〈茅屋為秋風所破歌〉中，留下「安得廣廈千萬間，大庇天下寒士俱歡顏」的千古名句。

杜甫此詩完成於西元七六一年，也就是他剛剛步入半百年華那一年。彼時，成為唐代由盛轉衰關鍵因素的「安史之亂」，尚未完全平定，戰禍連年之下，他先是棄官西走甘肅，貧困潦倒，幾瀕絕境，後又落腳四川成都西郊的浣花溪畔，築茅屋而居。

此一簡陋至極的棲身之所，僅能勉強遮風蔽雨而已，杜甫心中不免百感交集，乃用詩歌描述了個中的艱苦。而最教後人感佩的是，他個人在貧病交迫、自身難保的情況下，仍於詩末表達了其悲天憫人的胸懷，殷切期盼普天之下的寒士都能獲得妥當的安置。

人們或許可以想像，杜甫心目中的「廣廈」，若套用現今流行的術語講，可能就是一種由政府免費提供窮人安身立命的「社會住宅」，其建築縱然談不上何等美侖美奐，起碼也要能抵擋得住無情風雨連番的侵襲，否則就達不到杜詩中所說「風雨不動安如山」的標準了。

在文學史上，杜甫被定位為開啟中晚唐寫實派詩風的旗手，千百年之後的你我捧讀其作品，依然能感受到他對社會弱勢階層關懷的熱情，惟事實上，此種可貴的情操，亦存在於當今社會每一角落，只是很少被人感知或發掘出來而已。

二〇一四年，美國紐約一家經常以探討人性的社會實驗作為專題報導的電視公司，播映了一部紀錄短片，相當發人深省，也著實顛覆了許多人平日的認知。該片所設定的主題，是觀察人們在突然遇到陌生人開口乞食時，會有如何不同的反應。

片中一位年輕的男演員，在陽光耀眼的午間，漫步於熙來攘往的曼哈頓街頭，隨機向坐在路旁座椅吃披薩的用餐者，表明自己饑腸轆轆，希望對方能分一片給他果腹。他先後向三位不同的人開口，均遭碰壁。

過了數小時，劇組又安排了兩位演員上場，其中一位手捧一大盒披薩，見到路邊一位打赤腳的街友席地而坐，正低頭假寐，就趨前打招呼，問他願否接受他們剩餘的披薩，那位街友喜出望外，欣然收下。

又過了二十分鐘，該片的製作人現身在正狼吞虎嚥般進食的街友面前，逕自坐在對方身旁，不說任何客套話，開門見山的表示自己餓到不行，看能不能分得一片披薩充饑。

那位街友面露同情神色，點了點頭，二話不說，爽快的從盒中取出一片披薩遞了過去，此時製作人慢條斯理的咬了幾口後，緩緩站起身來，從褲袋的皮夾取出一把現鈔奉上，並對街友的慷慨之舉，再次致謝。對方見狀，一時感動得有點不知所措，忍不住當場落下淚來。

該片並未刻意說教，只在片尾打出了美國當代人權運動領袖傑克遜牧師（Jesse Jackson）的名言：「千萬不可低看任何人，除非你正要拉他一把」，益發強化了片子的感染力，使其在網路上驟然爆紅，十天之內，創下了近一千五百萬人次點閱紀錄，一時之間，也使那位街友儼然變成了「馬路英雄」。

或許，有人不解，為何一名街友的一念之仁，竟能贏得千萬人的喝彩？其實，這跟人們讀到杜甫為天下寒士設想的詩句，而心有所感的情形，差堪比擬，亦即人們身處如今既疏離又冷漠的現實社會中，普遍對人性的溫暖與光明面，懷有一種深層的渴望。

此外，該片也讓世人驀然醒悟，縱然世途險阻，人生不免落難，卻無礙於你我時存善念與悲願，換言之，即使我們孑然一身，處於最落魄失意的境遇，依然擁有關懷別人的力量！

不要試圖去做一個成功的人，寧可努力去做一個有價值的人。

Try not to become a man of success but rather try to become a man of value.

——猶太裔美籍物理學家 愛因斯坦

愛因斯坦的「快樂論」

幾年前在春寒料峭時節，遠征以色列朝聖歸來之後，耶路撒冷的哭牆、苦路、聖墓教堂等聖地景象，就如影隨形般，不時浮現於腦海，連帶對任何有關當地的消息，也都不免引起我的關注，這次攫獲我目光的一則新聞，則是兩張愛因斯坦（Albert Einstein）用德文書寫的字條，竟在耶城拍出了一百八十萬美金的天價，因而國際各家媒體紛紛加以大幅報導。

談起愛因斯坦，任何人不論何等孤陋寡聞，也一定曉得他可是上世紀最偉大的物理學家及數學家，曾以光電效應理論，奪得一九二一年的諾貝爾物理獎，所提出的相對論學說，更使他成為舉世家喻戶曉的人物。

相較於筆者藝文界的朋友，個人對愛因斯坦的生平與軼事，可能知道的稍多一些，別無其他緣由，就是因為過去替《歷史月刊》主持「金石銘言」專欄多年，輯譯了不少世界名人的經典語錄，且為彼等的事蹟撰寫小檔案，而愛因斯坦正是其一。

愛因斯坦既是科學界的巨子，他的傳世名言自非屈指可數，其中有些深入淺出的經典之語，很能顯示他不凡的智慧與平易近人的幽默感，例如針對一般人較難理解的相對論，他如此說：「把手放在熱爐上一分鐘，好像過了一小時那麼久；坐在美女身邊一小時，卻好像只有一分鐘。那就是相對論。」

講到愛因斯坦的相對論，多年前我讀到過一則令人莞爾的英文故事，大意如此：愛因斯坦有個忠心耿耿的司機哈瑞，負責開車之餘，也會在主人巡迴美國各大學演講時，端坐在後排權充聽眾。有一天，哈瑞半開玩笑的說，自己在台下默默聽講不知凡幾，對相對論已很有心得，甚至能講得頭頭是道。

愛因斯坦聽了，有點半信半疑，就同意下一回兩人調換角色，他本人坐在後排打盹，由哈瑞假扮他上台演說。果真，哈瑞並未漏氣，依樣畫葫蘆的達成任務，眼看就可順利下台之際，突然有人舉手發問，內容涉及複雜的數學計算及方程式。哈瑞面對此一狀況，處變不驚，不慌不忙的回說：「你這問題太簡單了，就請我那坐在後頭的司機來代答一下好了！」

再如，他雖是鼎鼎大名的學者，平日卻不修邊幅，夫人勸他上班時要穿得體面一點，他不為所動，辯稱那兒人人都認得他。某次應邀出席一個大型會議，其妻再次苦勸，他依然故我，理由卻是那裡無人認得出他。

這些愛因斯坦的軼事，突顯了他玩世不恭的一面，不過，其諸多嘉言雋語中，不乏意義深長、發人深省者，內中最深得我心的一句話就是：「不要試圖去做一個成功的人，寧可努力去做一個有價值的人。」

這裡「成功的人」跟「有價值的人」，當然不是全然對立、相互排斥的概念，良以一個功成名就之士，可能也是對社會極有貢獻的人，反之亦然。然而，在我們這個社會中，有更多像你我這樣的凡夫俗子，浮世一生，既無顯赫的地位與名望，亦無傲人的財富，卻始終勤勤懇懇地揮灑自己的生命，默默為社會奉獻一己之力。

就拿上週所碰到的一個例子來說吧，我到某大醫院看病，在掛號區遇見一位六十開外、滿頭花髮的女志工，朝我頷首微笑，待我定睛一瞧，才認出她是在附近早餐店打工的阿姨。我連忙趨前打招呼，並順口問及其工作的情形，她笑著答說：「週末我會去早餐店幫忙，平常日就在這家醫院及里長辦公室當志工，反正閒著也是閒著，好歹我要做些對社會有益的事，這樣子才能活得快樂一點！」

由於忙著掛號看病，我也未再多聊幾句，可是等我看完病返家後，回思這一幕，心中對這位滿臉歲月風霜、言談謙卑和善的銀髮族，頓生敬意。對方一把歲數了，還在打零工，可見她一生為生活打拼的艱辛，而儘管人生道路走得如此坎坷，卻仍抱持感恩知足的赤情，以生命的幽光回饋社會，且樂在其中。

於是，不禁想起不久之前在耶路撒冷拍出愛因斯坦所寫的兩張字條，一張寫著「有志者，事竟成」，另一張寫著「平靜簡樸的生活所帶來之快樂，遠甚於時刻難安的追求成功」，前者拍得二十四萬美金，後者卻拍出一百五十六萬美金的破天荒高價。

前述愛因斯坦的手跡，是他在一九二二年冬天赴日本演講，下榻於東京「帝國酒店」時，因無零錢支付信差小費，就用便箋寫此作為打賞，當時他還信心十足的告訴那名信差，將來這兩張字條，可能會比一般小費更有價值。想來，他本人也始料未及，在九十五年後的今天，其信手之作，可以水漲船高到如此地步。

兩張字條雖然都飆出了不可思議的高價，惟談及快樂之道的那張，落槌價卻是另一張的六．五倍之多，原因無他，就是它隱然揭示了愛因斯坦對人生價值的終極體會與感悟。

說實在的，就你我而言，固然可以對愛氏的相對論了無興趣，也一無所知，但又豈應忽視這位「現代物理學之父」所提出的快樂論，以及他所標榜的人生哲學，那就是：活得有價值，要比活得成功更為重要，更有意義！

生活移動的速度極快，你若不偶爾停下腳步，環顧一番，你就會跟它擦肩而過。

Life moves pretty fast. If you don't stop and look around once in a while, you could miss it.

——美國導演及劇作家 約翰·休斯

「銀狐」奶奶的忠言

一頭雪白銀髮，被其家人暱稱為「銀狐」（the Silver Fox）的美國前第一夫人芭芭拉·布希（Barbara Bush），當她以九十二歲高齡走完人生最後一程的消息傳出後，包括《紐約時報》在內的各大報刊，紛紛以顯著篇幅推崇其一生的事蹟，白宮亦下令全美政府機關一律降半旗，以示哀悼。

就咱們國人來說，一般人對美國當代第一夫人並不陌生，遠的不談，最近幾任第一夫人，諸如川普夫人梅蘭妮亞、歐巴馬夫人蜜雪兒、柯林頓夫人希拉蕊等等，恐怕大家都能說上幾句。至於對老布希夫人芭芭拉，當然亦必耳熟能詳，因為最讓人津津樂道的是，她的兒子小布希也曾入主白宮。在美國立國二百四十幾年中，此種一門兩代都登上總統寶座的例子，可說寥寥無幾。

筆者對老布希夫人芭芭拉的行誼，略有所知的緣故，乃是當年派駐美西舊金山工作的初期，白宮主人正是老布希總統。不消說，第一夫人芭芭拉的言談行止，也成為媒體報導的焦點，從而了解到這位個性率直坦誠、打扮樸實無華、對人親切自然的總統夫人，普受美國民眾愛戴，贏得「全民奶奶」（everybody's grandmother）的美名。

提到奶奶（或外婆）一詞，無分中外，每多予人一種無可取代的親密、溫馨感覺，在在讓人勾起幾多難忘的美好記憶，難怪義大利人有格諺曰：「諸事不順時，去找奶奶就對了」，而美國有作家把奶奶的角色形容說是，有一點像父母，又有一點像老師，也有一點像知心朋友。從這個定位看來，美國民眾會把芭芭拉視為人人的祖母，即可知她在人們心目中的不凡地位了。

身為第一夫人，動見觀瞻，頗有所謂「母儀天下」的味道，故世界各國的第一夫人，類多重視公益活動，芭芭拉亦不例外，她在協助弱勢家庭識字的「掃盲」工作上，著力甚深。她曾不斷登高呼籲，家庭是兒童的第一所學校，父母是兒童的第一位老師，閱讀就是兒童的第一門學科。

尤值一提的是，她對愛滋病患的深層關懷，也很讓人刮目相看。須知三、四十年前的美國，人們對此一疾病還是疑慮很深，若是得知某人感染斯疾，避之唯恐不及，遑論願意親近，然而芭芭拉卻主動探視患者，嘘寒問暖，並予以熱情擁抱。此舉頗能發揮帶頭作用，風行草偃，對扭轉社會的偏見，大有助益。

若問芭芭拉為何願降尊紆貴，引領社會濟助深陷苦難之人，除了說她本身就有很深的宗教情懷與平等心外，想來這跟她一向所抱持的人生觀亦不無關係。她常對人強調：「絕不要忘了，衡量你是否成功的最重要尺度，是你如何對待他人，包括你的家人、朋友、同事，甚至是你在路上遇到的陌生人。」

除卻慈善活動外，身為第一夫人，免不了還得從事一些其他的公眾服務，而赴社團或學校演講正是其一。例如一九九〇年六月一日，芭芭拉即以貴賓的身分，應邀在麻薩諸塞州的「衛斯理女子學院」（Wellesley College）畢業典禮上致詞。該校歷史悠久，馳名中外，是蔣夫人宋美齡以及民國才女作家冰心的母校。

據說，起初該校部分學生對邀請芭芭拉，亦有所反彈，認為她不過是「妻以夫貴」，自己本身並無傲人的成就，孰料後來證明此次演講獲得空前的成功，就連美國三大電視網也破天荒切斷其常態節目，全程實況轉播。時隔數十寒暑，即使「銀狐」現已離開塵世，魂歸天地，她那天在衛斯理的精彩演說，依然流傳不歇，迴盪在無數世人的心頭。

你或許會疑惑，芭芭拉的一席話，何以能深入人心，傳誦至今？原因無他，即在於她能以極其平易近人的語言，現身說法，娓娓闡釋人生至理。其中最為世人激賞的一段，即是她鼓勵年輕人要做到以下三件事：

首先，要相信某些超越自己的東西，響應這個時代一些重要的思潮。舉例來說，她本人即長期投身於掃盲工作，因其深信唯有提升國民的文化素養，才能有效解決國家與社會上的種種問題。

再者，不論從事什麼工作，一定要時時刻刻找到生活中的樂趣，她引用了上世紀八〇年代青春喜劇名片《蹺課天才》中之台詞：「生活移動的速度極快，你若不偶爾停下腳步，環顧一番，你就會跟它擦肩而過。」

第三件不容忽視之事，就是要珍惜你的人際網絡，特別是你跟家人與朋友的關係。她說，當你走到人生的盡頭，你絕不會後悔你沒有通過某次測驗、打贏某次官司，或是完成某次交易，你將後悔未多抽出一點時間，陪陪你的家人或朋友。

就筆者來說，初聞銀狐奶奶的這番話，正值盛年，並無醍醐灌頂之感，但隨著年華飄逝，益發覺得其肺腑忠言，若真能落實於個人生活，諒能使此生過得有目標、有意義、有樂趣。問題是，人生底事，往往知易行難，回首來時路，還真不敢說自己究竟做到了幾分？

若有那麼一天，我們不能再在一起，
請讓我活在你心中，我會永遠待在那兒。

If there ever comes a day when we can't be together keep me in your heart, I'll stay there forever.

——英國作家　米爾恩

小熊維尼的話

二〇一〇年暑假台灣的小朋友們福分不淺，因為改編自英國作家米爾恩（A. A. Milne）原著《小熊維尼》的兒童音樂劇，再度來此巡演。一般民眾就算無緣前往觀賞，也可想見這齣生動活潑、老少咸宜的經典劇作，演出時必然熱鬧滾滾，大家所耳熟能詳的角色，如小熊、小豬、小兔、跳跳虎等，一旦現身舞台，他們唱作俱佳的精采表演，保證讓台下大小觀眾樂成一團，大呼過癮。

以筆者的年紀，竟會跨越代溝，特別關注到有關小熊維尼的新聞，外人或許感到有些納悶，但世間的因緣本來就鑾錯綜複雜，難以一言道盡，就拿我們日常出門來說好了，不管行腳東西南北，誰又敢說自己會遇到什麼親朋好友，抑或狹路相逢，與一個不對眼的人打照面呢？

多年來我都在大學研究所兼課，每逢六月校方舉行畢業典禮那天，校門口及附近的人行道上，花販雲集，叫賣聲此起彼落，各種花束諸如向日葵、太陽花、玫瑰、火鶴以及香水百合等，爭奇鬥豔，美不勝收。除此之外，攤子上大小尺寸、各式造型的熊公仔，也相當引人注目，成為熱賣的時尚禮物，甚至還被一般人冠以「畢業熊」之名。

想當年，我讀大學時，此道並不流行，曾幾何時，物換星移，熊寶寶也能受寵於年輕族群，成為人見人愛的畢業佳禮。我問學生，為何熊公仔有此際遇，結果人言各殊，莫衷一是。有一位女同學的說法，獲得了班上多數人的認同，她認為「熊」與「雄」諧音，當一個人完成學業，即將踏入社會之際，贈以意味著雄心壯志、雄才大略、雄心萬丈的吉祥物，不啻是最適切的祝福。

意頭好，就能博得新新人類的青睞嗎？對此我心中還是疑信相參。我猜想，這年頭許多人收藏熊公仔，可能不為別的，主要就是著眼於其胖嘟嘟、毛茸茸外形的可愛，尤其是小熊維尼的裝束，以通體的黃橘，襯托出鮮紅的上衣，極為耀眼，這可是當初跟米爾恩合作的英國插畫家謝培德（E. H. Shepard）獨具匠心之原創造型。

平心而言，《小熊維尼》一書之所以能舉世風行，歷久不衰，成為各國兒童永不褪色的記憶，原作者米爾恩說故事本領的高強，自不在話下，但好花仍需綠葉襯，謝培德插畫的加分效果，何嘗不是成功的要素？二〇〇八年十二月倫敦首屈一指的拍賣公司蘇富比，推出謝氏為該書所繪的系列插畫原作，在收藏家熱烈競標下，創造了一百二十萬英鎊的空前佳績。其中一張表現小熊與好友小豬並肩而行、身後留下彼等足跡的作品，拍出十一萬五千餘英鎊的破紀錄行情，跌破各方行家的眼鏡。

筆者一向關心藝術市場的動向，此則新聞自然未曾放過，而事實上，早在數年前我編譯一本以友情為主題的名言專輯時，《小熊維尼》即開始進入我的視野，彼時就已了解到小熊外表及動作儘管稍嫌笨拙，其實他心明眼亮，感情豐富，交朋友特講義氣，處處為他人設想，重視友情的程度，簡直不輸給自詡為萬物之靈的人類。

坊間選自《小熊維尼》原著、音樂劇或電影劇本的維尼語錄，不在少數，信手拈來，句句都能觸動人心，甚至讓你我尋思再三，為其真摯無私的深情感嘆不已。你若對此有所狐疑，且看下列這些例子吧：

- 小豬問小熊：「我們永遠會是朋友吧？」
  小熊答說：「甚至比永遠還要久！」
- 如果你能活一百歲，我願活百歲欠一天，如此在我有生之年就絕不會沒有你了。
- 有時，最微不足道的事，卻在心中佔有最多的空間。
- 我想只要我們做夢，就一定不會分開太久，因為如果你我都能在彼此的夢中出現，我們就可以一直在一起了。
- 你不能窩在森林的一角等候別人上門，有時你必須走向對方。

出自小熊維尼與其森林朋友的這些對話，看似擬人化的童言童語，卻在在反映著兒童世界比成人世界真誠、動物世界比人類世界單純、叢林世界比紅塵世界情深。再瞧另一句維尼的名言：「若有那麼一天，我們不能再在一起，請讓我活在你心中，我會永遠待在那兒」，是不是多少可以感受到一點世人所真正嚮往的友情境界？

小熊維尼，是集三千寵愛在一身的可人兒，不管他出現在繪本裡、電影中、舞台上，所到之處，都能贏得眾人的歡心，因為他在帶給人們快樂之餘，同時也滿足了我們每個人長久以來內心深沉的渴望與想像！

悲觀者在每一個機會中看到困難；樂觀者在每一個困難中看見機會。

A pessimist sees the difficulty in every opportunity; an optimist sees the opportunity in every difficulty.

——英國政治家 邱吉爾

正面人生

春節期間，內人攜長女蘭兮登門造訪一位大師級學者，專程向其拜年及請益，也盼其能就未來做人做事努力的方向，作一些開示。

當天回家後，內人偷偷跟我笑談拜年的情形。她說，在告辭時，大師問起小女的婚姻大事，蘭兮大方地回說：「請老師幫忙物色，給我介紹一位男朋友。」

「有何條件，不妨說來聽聽！」老師笑著問，流露出信心滿滿的神色。

「第一，對生命要有熱誠。」蘭兮像是早有定見般答道。

老師聽後遲疑了一下說：「這個嘛，有點難，再來呢？」

「第二，凡事要能做正面思考。」蘭兮提出第二個條件。

「這就更不容易了！」老師面有難色地回應。

「第三，要能孝順父母。」內人對女兒能有此見解很感欣慰。

「妳所說的三個條件是否缺一不可？這樣的年輕人根本就無從尋覓！」老師搖著頭講，不敢承諾當女兒的月老。

女兒所提的三個擇偶條件，既不涉及學位高低，也與財富金錢多寡無關，更未觸及一個人的外形長相如何，所關心的，只是對方的人生態度與價值觀。其陳義是否過高，或許見仁見智，但卻深得我心。

就以老師認為不易做到的「正向思考」而言，這應是古往今來無數成功者的共同心聲。記得，有一位西方的哲人就曾這麼說：「正面思考的人，可以看得到那看不見的，感覺到那接觸不到的，完成那不可能完成的。」換言之，抱持正向思考的人，一定比較陽光，比較樂觀，相對來說，抱持負面思想的人，也一定比較容易沮喪與悲觀，而此兩者的分野，往往也就決定了一個人的成敗利鈍。

舉一個現成的例子，不少看過奧斯卡最佳影片《王者之聲：宣戰時刻》的人，對英王喬治六世在語言治療師羅格全心全意的協助下，終於克服語言與心理的雙重障礙，在國家風雨飄搖之際，透過廣播向全國民眾發表歷史性演說的曲折過程，不免會感動得心潮洶湧，熱淚盈眶。

不過，你一定也不可能忽視喬治六世的賢內助伊麗莎白王后。她始終堅定不移地支持著丈夫，寬容大度地諒解夫婿的失措失態，不斷給他鼓勵、給他信心、給他希望，並以樂觀積極的態度為他尋覓良醫，點燃起他領導英倫三島抗敵的自信與熱情。無庸置疑的，她所抱持的正面人生態度，不但挽救了英國王室的聲譽，也間接扭轉了英國的命運。

由此可見，正面的處世態度，人生的視野與跨度必然寬廣，所能成就的事業也必然遠大於抱持負面態度的人。正如英國政治家、諾貝爾文學獎得主邱吉爾（Winston Churchill）所說：「悲觀者在每一個機會中看到困難；樂觀者在每一個困難中看見機會」，兩者切入的角度不同，所看到的面向也就天差地別了。

針對這一點，美國脫口秀天王歐普拉（Oprah Winfrey）快人快語，講得更為透徹乾脆，她勉勵世人說：「要像女王一樣思考。女王不怕失敗，失敗只是邁向偉大的另一個踏腳石而已。」歐普拉常年以來都穩坐明星收入排行金榜的冠軍，說她是當今世界最成功的女性，應該不算是過譽之詞，而她的樂觀、自信，單從她這樣一句話，也可嗅出若干端倪！

話又說回來，人生在世當然不可能沒有挫折、愁苦，不可能永遠掛著「免事牌」，問題是當麻煩找上門來，我們究竟應抱持正面或負面的態度？美國著名出版家、小說家科達（Michael Korda）總結其人生的經驗，就說過一句深入淺出、耐人尋味的話：「要想成功，我們首先必須相信自己辦得到！」

「是的，我辦得到！」這絕對是正面思考之言，或許我們應把它當成自己一生一世的座右銘！

> 冬天在我的頭頂，而永恆的春天卻在我心中。
>
> Winter is on my head, but eternal spring is in my heart.
>
> ——法國十九世紀文學家 雨果

永恆的春天

去夏友人送給我一株長得枝繁葉茂的香椿盆栽，囑我閒時就摘下幾片嫩葉泡茶來喝，說是有降血糖、降血壓、抗氧化的奇效。領受其美意，我自是言聽計從，而且不論生活有多忙碌，三頭兩天就一定會澆一回水，也算是稍盡照顧之責。

但是，怎麼也沒料到，今年初幾波強烈寒流接踵來襲之後，那株香椿樹的葉子陸續開始枯萎飄落，最後竟全部悄然落盡，只剩下光禿瘦削的枝椏。我不知它究竟是已被我這個「五穀不分」的都市人害死了，抑或它本身就有「休眠」的習性，於是乎趕緊打電話向老友請教。

朋友聽後，就叫我先不必急著把它移除，等到冬盡春來之時，此樹是死是活，便見分曉。既然說它還有甦醒過來的可能，我當然不敢怠慢，仍舊像以往一樣，老老實實的繼續按時澆水，並密切觀察著樹枝的變化。

甚至，我還特地翻了翻農民曆，查看今年各個節氣到來的日子。好不容易等到了「立春」，並未見香椿樹有些什麼動靜，又過了兩個禮拜，挨到了「雨水」時節，雖說一連多日春雨綿綿，天氣也稍見回暖，仍未看到枝幹上有任何新芽出現，我不禁有點沉不住氣起來，認為此樹八成已掛了。

不過，澆水的動作亦未就此打住，如此再過了十來天，在邁入細雨輕雷的「驚蟄」之後，某一天早晨，當我打開露台的落地門，放眼一瞧，那株香椿樹幹的最尖端，一夕之間，竟冒出了幾片黃綠的小葉子。

此時心中的欣喜固不在話下，但對自己差一點就將它棄之不顧，不禁也有幾分懊惱，因而想起美國著名的基督教牧師舒勒（Robert H. Schuller）曾如此奉勸世人：「在冬日的時節，千萬別去砍樹；在處境困難時，千萬別做負面的抉擇；在情緒極差時，千萬別做重要的決定。要等待，要有耐心，暴風雨終將過去，春天也終將來臨。」

舒勒牧師是北美地區傳揚基督福音極有成就的神學家，他在上世紀八十年代於南加州橙郡園林市，所創建的「水晶大教堂」，總共使用了上萬片矩形玻璃窗格，可承受八級的地震，以及時速一百英里的強風，被譽為世界建築史上的奇蹟，也成為美西地區人盡皆知的地標與觀光景點。

不消說，舒勒牧師對自己能一手擘劃建成此一極具特色的教堂，相當引以為傲，不過他也強調說：「我是受呼召來傳福音的，不是來建教堂的，兩者之間還是有其差別存在。」而在談到教堂的功能時，他不唱高調，直指人心的表示，教堂只是一處會所，可讓非教徒進來尋得信仰、希望，以及感受到愛。

舒勒不僅是一位具有舉足輕重影響力的傳道人，而且也是一位勵志演說家，每每能用平易近人、樂觀堅定的話語，鼓舞人們揮灑生命的熱情，勇於面對人生的挑戰。

他的諸多名言，長久以來，不斷被世人傳誦及引用，不知感動過多少遭逢不幸、徬徨於何去何從的世間男女。例如，他曾如此說：

- 你要讓希望，而非傷痛，去塑造你自己的未來。
- 永遠去關注你所擁有的，絕不要關注你已失去的。
- 凡事若無失敗的可能，那麼成功也就毫無意義了。
- 所謂失敗，並不意味著你是一個失敗的人，只意味著你尚未成功。
- 一條路看似到了盡頭，卻可能只是路的轉彎處而已。

這些言簡意賅的話語，又有哪一句不值得你我細細咀嚼？再如前面所提到的，舒勒牧師教人不可在冬天砍樹，表面上的意思，應是指人們不能因為樹木入冬後的休眠，就認定它已無存活的機會。實則，舒勒是在以物喻人，勸導人們不論面臨怎樣的苦難，都必須始終懷抱信心與希望，奮力走出困境，迎接生命的另一個春天。

就筆者來說，目睹自家露台上一株不甚起眼的香椿樹，竟能以「休眠」的方式挺過寒冬，而在春風裡「重生」，內心中除讚嘆大自然的奧妙外，對小樹所展現出的生命韌性，亦不得不另眼看待。

當然，跟一棵植物相較，人生之旅中所須面臨的挑戰，尤難勝數。除了生老病死的大劫，以及日夜相隨的勞苦愁煩之外，其他種種可能的磨難與考驗，環顧你我周邊的人，又有幾人能輕易躲過？

法國十九世紀大文豪雨果（Victor Hugo），以悲天憫人之心，寫出曠世名著《悲慘世界》，賺盡普天下所有讀者的眼淚。他洞燭人性，對人世間的苦難亦有深刻觀照，故說出：「冬天在我的頭頂，而永恆的春天卻在我心中」一語。

換言之，若說春天象徵著希望，那麼，永恆的春天，不就代表了永恆的盼望？這樣一句語淺情深的話，或許，多少也可以給我們一點啟發，亦即提點了世人究應抱持什麼樣的襟懷、什麼樣的態度、什麼樣的心境，去面對人生的風雨及寒冬！

> 一個教師對人的影響是永恆的；
> 他永遠不曉得自己的影響力會止於何處。
>
> A teacher affects eternity; he can never tell where his influence stops.
>
> ——美國歷史學家　亞當斯

白首不忘的教誨

小女兒自幼愛喝可樂，成年後明知此類碳酸飲料多喝無益，而每次與家人出外用餐，總少不了點其所愛。

日前全家上館子，她照舊要了一罐可樂，還貼心的分給我小半杯，筆者心有所感的對她說：「爹地在讀大學之前，還從未碰過這種飲料呢！」她聽了，臉上不禁露出幾分不可置信的神色回說：「真的嗎？」好像我是在講一則《天方夜譚》裡頭的故事。

其實，女兒的反應也無足為奇，以現今年輕人的生活經驗而言，他們壓根兒無法想像上一代人所處的生活環境，以及所擁有的經濟條件。

筆者讀高中時，班上有少數幾位家境特別富裕的同學，下課時常會跑到福利社買可樂解渴，而一般同學能有錢買瓶黑松沙士已算不錯。當時一瓶可口可樂要價十幾塊台幣，此數足可在台北師大後面龍泉街上的小飯館，叫上三碗牛肉麵了，由此亦可知彼時進口飲料昂貴到何種程度。

話雖如此，在那些年月裡，社會上縱亦有貧富差距，但卻普遍存在著一種崇尚簡樸的風氣。舉一個至今令人難忘的例子來說，我讀國中時的校長藍自傑先生，是一位很喜歡在朝會上向師生傳播人生理念的教育家，而其用心良苦的訓勉，並不落於八股，故能深入人心。

有一天，他在致詞時提到，一位有錢的家長跟他反應，兒子打球，不小心把新買的校服扯破了一個洞，擔心縫補後穿在身上，會惹同學恥笑，就吵著要母親再添置一件新的，但她遲遲不肯答應。

藍校長向在場眾師生透露，那位做母親的學生家長，捐輸不落人後，對學校家長會的支持一向不遺餘力，若真有意為孩子重購校服，何難之有，只是她寄望孩子從小就要養成珍惜物力、節儉樸實的生活習慣，不能因為所使用的東西稍有瑕疵，就棄之不顧。

說實在的，對於藍校長這席訓誨，當下我是聽進去了，也記在心裡了，不過，心中並沒有什麼被深刻觸動的感覺，直到自身歷經人世風霜，年事漸長之後，才益發體會出其用意之深長。如今，藍校長早已辭世，想來他在有生之年，也一定料想不到自己的訓話會有多麼深遠的影響。

證諸美國十九世紀歷史學家亞當斯（Henry Adams）的名言：「一個教師對人的影響是永恆的；他永遠不曉得自己的影響力會止於何處」，更讓人感念在成長過程中許多師長的諄諄教誨與啟發。

追憶年少歲月的點點滴滴，國中時每日列隊上朝會的種種情景，依然歷歷如昨。印象中，藍校長極重視學生的生活教育及品德教育，對灌輸下一代正確的人生觀與價值觀，最是循循善誘。

那個時代，台灣經濟尚未起飛，社會上的清寒家庭不在少數，藍校長每每利用升旗典禮，多方鼓勵同學們不必太在意物質生活的匱乏，即使家境不佳，也不可妄自菲薄，而應把握時光，認真學習，力爭上游。

這些年來，台灣動輒被世人形容為「錢淹腳目」，貧富愈見兩極化不說，價值觀的扭曲更令人憂心。當然，這也並非台灣一地獨有的現象，我們若讀到下面這則美國某商業顧問公司在其網站上的貼文，即可知彼邦有識之士，亦亟思導正社會上過於嫌貧愛富、金錢掛帥的歪風。

話說有一天，一名富豪帶著兒子下鄉，目的是讓孩子見識一下窮人的生活狀況。他們在一處窮人家的農舍借住了兩宿，回程途中，父親問兒子感想如何，兒子直言不虛此行。

父親追問其子是否注意到窮人是怎樣過活的，兒子如此答道：

「我們家養了一隻狗，人家養了四隻。」

「我們家的游泳池直通花園，人家有一條看不見盡頭的溪流。」

「我們的花園裝有進口燈飾，人家夜晚有滿天的星斗。」

「我們的天井連接著前院，人家擁有整個地平線。」

「我們有一小片土地居住，人家有一望無際的田野。」

「我們有佣人服侍，人家卻服侍別人。」

「我們買菜吃，人家種菜吃。」

「我們家四面有牆保護，人家有朋友守望相助。」

聽完孩子這番有條不紊、句句發自肺腑的心得，做父親的，頓時默然不語，不知該如何回應。接著他的兒子又補充說：「感謝爹地，讓我體認到我們自己有多麼貧窮！」

不言而喻，寫這則故事的作者，並不在鼓吹人們安於貧窮、擁抱貧窮，而是在喚醒世人要翻轉看重物質享受的觀念，努力追求精神上的富足。

你我也不妨捫心自問，換成自己扮演故事中的主角，我們究竟會是那當父親的富豪，抑或是那一個慧心不昧、未被物慾蒙蔽的孩子？

若要筆者來回答，我想：一個既然能把數十年前國中校長的教誨，一直深藏於心、白首不忘的人，或不至於迷途太遠吧！

好好過你的人生，忘掉自己的年齡吧！

Live your life and forget your age.

——美國作家　皮爾

向外開向內開

人們究竟活到幾歲就應該從職場中正式退下來？這似乎不是一個太具爭議性的社會問題，至少，對大部分公教人員而言，依據現行人事法令，只要一滿六十五歲，就得屆齡退休，沒有例外。

不過，日前多家報刊都不約而同的刊出一則外電報導，大大顛覆了一般人對退休年齡的認知。這則新聞大意是說，美國聯邦法院資深法官布朗（Wesley Brown）剛剛歡度其一百零四歲的生日，雖不是空前絕後之特立獨行，卻已追平法官在任最高年齡的歷史紀錄。

布朗法官的作息可說數十年如一日，都是每天上午八點半上班，下午三點打道回府，周而復始，始終堅守工作崗位。近來雖已減少刑事案件的聽審，但仍維持民事案件的承審數量。有人好心問其為何不告老卸職，以頤養天年，他回說：「我是在從事公共服務，你必須有一個活下去的理由，只要你是在服務人群，你就有活下去的理由！」

布朗法官以百歲有餘之高齡，念茲在茲的，仍是以服務社會為人生的職志，精神之可敬可佩，自不在話下，要是在咱們華人世界，能活過百歲，就是一般人心目中的人瑞了，每逢九九重陽佳節，往往還有政府官員會親自登門致賀，而平日就算生活過得不怎麼寬裕，大概自身也用不著再朝九晚五的出門營生了。

這麼一則老當益壯的美國法官的故事，不禁讓我想起過去我在舊金山從事涉外工作時，為了送往迎來，三不五時就須跑國際機場，遇到班機誤點，隨便在機場晃蕩個好幾小時，也是家常便飯。也就是因為有這種讓你百無聊賴的時候，才讓我注意到在偌大一座熙來攘往的老美機場，竟掛著一幅大陸老畫家朱屺瞻的大寫意巨作《葡萄圖》。

出生於一八九二年的朱屺瞻，是華人藝術史上的人瑞畫家，在九十五歲那年仍然以志在千里之氣魄，遠渡重洋，赴美講學，並分別於一百歲及一百零五歲兩度舉辦回顧展，轟動一時，傳為美談。

據報導，朱氏年過一百歲後，每日依然能站立作畫兩小時。他的大膽創新，不願故步自封、不斷追求突破的毅力，感染了無數年輕畫壇後輩。他常提醒趨前向他請益的人：「過去人們常說，要活到老，學到老，我還得加上一句，要變到老。」由此亦可以見出他是如何重視藝術的創新與變革了。

朱氏是在一九九六年，以一百零五歲的高齡走完其人生的最後一程，其友人在追念其生平行誼的文章裡，提到他常掛在嘴邊的一句名言，那就是：「畫畫要從己，做事要顧人」，更可看出老畫家做人做事的寬厚與氣度。

或許，有人會認為朱屺瞻是特例中的特例，以年歲而言，這當然是無庸置疑的事實，然而，若以藝術家無視於歲月的催人，即使到「而視茫茫，而髮蒼蒼，而齒牙動搖」的衰年階段，仍然懷抱雄心萬丈，亟思再創藝術的高峰來說，卻是大有人在，而且不在少數。

筆者過往落腳於美西舊金山討生活時，就曾與出身於杭州美專的資深水墨畫家劉業昭教授結成忘年之交。劉老師早登耄耋之年，隱居在金門大橋北邊的一個濱海小鎮「堤波瓏」（Tiburon）。他為稻粱謀，開了一家專賣自己作品的畫廊，生意尚稱不惡，但令人想像不到的是，其顧客群乃以美國人士為主，華人不過是一種點綴。

我在駐外期間，假日經常跟友人結伴去探望劉老師，每次相聚，話題雖遍及天南地北，最後總又會扯上藝術創作的議題。即使在我回到台北工作之後，幾次因公赴美，途經舊金山時，也一定會專程去探視一下劉老師，每一次他必定會把近來的大小創作，像獻寶似的展示出來，客氣的要我看看有無進步與突破。

說來都已是九十出頭的老人家了，照理人生萬事都已看開看淡，甚至可說已到「萬事不關心」的程度，但從劉老師的率真言談，你仍舊可以感受到對朋友的熱情、對事物的好奇、對國運的關切，以及對藝術創作追求不歇的激動。

對世間無數紅塵男女而言，人生確實如美國十九世紀最偉大的浪漫主義詩人朗費羅（Henry Wadsworth Longfellow）所言：「年輕時，所有的門一律向外開；上年紀後，所有的門一律向內開」，然而，所謂向內開或向外開，並非人生的必然，我們在布朗法官、朱屺瞻、劉業昭等無數堪稱典範的人士身上，可以清楚看到他們的心扉，無視於歲月敲擊所造成的斑駁與風化，一直是向外敞開的！

事實上，他們向外敞開的一生，就等於現身說法的為美國勵志書作家皮爾（Norman Vincent Peale）的名言：「好好過你的人生，忘掉自己的年齡吧」，做了最佳的印證！

用來衡量我們人生的終極貨幣，應是快樂，而非金錢或名望。

Happiness, not money or prestige, should be regarded as the ultimate currency – the currency by which we take measure of our lives.

——美國哈佛大學教授　班夏哈

有一座孤獨的島

飲譽國際影壇，曾於威尼斯、坎城、柏林、東京等地影展中，屢獲殊榮的蔡明亮大導演，日前在「北師美術館」舉行生平首場老歌演唱會，我亦有幸躬逢其盛，見證一位電影人如何轉換角色，以客串歌手之姿，粉墨登場。

蔡明亮此次「初試鶯啼」的演出，並未出售門票，到場的觀眾除其親朋好友外，還有不少是聞風而至的影迷與歌迷。筆者跟有些來賓一樣，是抱著一種既期待又好奇的複雜心情入場，而當曲終人散時，卻是低回往復，心中迴蕩著久久不能平復的情緒。

讓我感動不已的，並不全然是蔡明亮低沉渾厚、又帶著幾許滄桑的感性嗓音，而是見他演唱每一首歌，都是全神貫注，時而凝視來賓，時而緊閉雙眼，用全副的情感去詮釋詞曲，因此從其臉部的表情，到身體的語言，在在流露出渾然忘我的神情，而那種近乎「須作一生拚」的真誠投入，也感染了座中的每一個人，使得他每唱一曲，都博得了如雷貫耳的掌聲。

此外，最難能可貴的是，蔡明亮在這場演唱會中，還發表了一首他所寫的歌〈有一座孤獨的島〉，道出其最不為人知的內心世界，歌詞中有「這就是我的島，我已經住的很老，你問我好不好，沒有好不好。她哪裡也不想去，也哪裡都去不了，在寂寞的海上漂，不會有人知道」等語，似在感嘆人生的局限和無奈。

這首歌所描繪的情境，宛若一幅淡墨山水，畫面上沒有太搶眼的地方，對人生閱歷有限的年輕人而言，或許未見得能立即讀出其寓意，其情形猶如我年少時，初讀蔣捷的小令〈虞美人・聽雨〉那樣。

亦即當下雖然打心底佩服這位宋末元初的文學家，能以「少年聽雨歌樓上」、「壯年聽雨客舟中」、「而今聽雨僧廬下」等數十字，就將其一生跨度內不同階段的心境，描寫得如此貼切，然而，那時又哪能真正體會出作者遭逢山河變色、一世流離的悲涼呢！

再如讀大學時，聆聽英文老師吟誦二十世紀美國桂冠詩人佛洛斯特（Robert Frost）最膾炙人口的傳世之作〈無人走過的路〉（The Road Not Taken），自己在座位上靜靜欣賞老師的解說，對該詩最後一段「多年之後的某一天，我將感嘆地訴說，林中有兩條分岔之路，我選擇了人跡較少的那一條，而這也使我的人生截然不同」，印象尤為深刻，只是以當時青澀的年紀，亦未能領會作者的弦外之音。

想來，一般人一定要活到一個歲數，在歷經人世間的風風雨雨，甚至是「慣看秋月春風」之後，才能以較通達的智慧、較寬容的同理心，去了解他人生命的轉折，以及所遭遇的苦難。

回過頭再談大導演蔡明亮，他會寫出〈有一座孤獨的島〉，自剖個人的心路歷程，也就意味著，儘管他在電影藝術上獲得如此高的成就，且有最知心的夥伴相隨相守，人生似已圓滿，可是，他仍不時有天涯「無人可與共語」的落寞，因而如何緩解此種無計拋撇的孤獨感，也就成了他個人的當務之急。

蔡明亮在演唱會開場白中說，他勤練中西老歌，並登台回饋影迷，絕非考慮跨行謀生，跟其他歌手一爭短長，其實他心中只有一個想望，那就是要讓自己活得更快樂一點！

說起來，人生在世，期盼活得順風順水、快快樂樂，應是人皆有之的願望，但此一心願每每可望而不可即，否則，美國哈佛大學教授班夏哈（Tal Ben-Shahar）所開的「正向心理學」，教人如何學習快樂之道的課程，也就不會成為該校有史以來最火紅、最叫座的科目之一了。

班夏哈服膺古希臘哲學家亞里斯多德所揭示的「人生的意義與目的，即在追求幸福」，故而大力鼓吹快樂的重要，強調：「用來衡量我們人生的終極貨幣，應是快樂，而非金錢或名望。」

然而，快樂之道既成一門學問，那就不是三言兩語可以道盡。儘管如此，班夏哈所拈出的一些觀念，跟蔡明亮導演所追求快樂的方向，亦有不謀而合之處。

例如，他主張人們應擁抱自己的情緒，承認不論正面或負面的感覺，都是人性正常的表現，而孤獨感正是其中一環。他認為，也唯有勇於接受自身負面的情緒，我們才更能接收正面的能量。

再如班夏哈鼓勵人們去潛心思辨哪些事情會讓自己感到開心，他建議人們拿一張紙出來，一一列舉可為自己生活增加五%快樂感的事項，重點是僅可從感受方面去思考，而不是以金錢為標的，諸如增加跟家人相處的時間、去國外旅行，甚至是一些小確幸，包括晚餐後散步、淋浴時唱歌等，而後者也正是蔡明亮每天必行的日課。

總之，我聽蔡明亮深情獻唱〈有一座孤獨的島〉，不禁連想到世人不分古今中外，包括七百多年前的蔣捷在僧廬下聽雨，以及上世紀美國詩人佛洛斯特踽踽獨行於林間荒徑時，無不有著相似的生命情調，而問題或許就在，你我應相信，我們確有能力，也有方法，可讓自己活得更快樂一點！

欲成大事，不僅要行動，也要去夢想；不僅去計劃，也要去相信。

To accomplish great things, we must not only act, but also dream; not only plan, but also believe.

——法國作家 法朗士

我聽見早春的腳步聲

多位搭過我那輛老爺車的朋友，見我在駕駛座前的方向盤上，貼有一張寫著一長串拼音的紙條，不禁好奇的問及個中情由，甚至猜測八成那是「平安符」、「護身符」一類的東西，目的無非是求個擋災避禍、出入平安而已。

我未賣關子，就直截了當告知，那是日本民謠〈早春賦〉歌詞的羅馬拼音，由於個人超喜歡其曲調與含意，有心把它學起來，偏偏自己又不諳日文，只得採用一種「無師自通」的笨方法了。

講到此處，你大概已可斷定筆者絕非「哈日族」，只是不知是何緣故，竟對此曲會青睞如斯。話說四、五年前，因為在電視上看到孫越先生的公益廣告，就跟內人去看一部描述失智症家庭的日片《去看小洋蔥媽媽》，被這部真實故事改編，讓人笑淚交織、寬慰人心的影片，感動到不行。

該片可說是失智者家庭的生活記事，其中值得再三回味的地方，當非屈指可數，諸如對失智老人時空的錯亂、生活上所不斷鬧出的笑話，以及她跟照顧家屬間的互動及磨擦，不一而足，每每教觀眾笑中有淚，為之揪心不已，並對失智者所譜出的人生悲歌，寄以無限同情。

片中的主題曲〈霞道〉，感人肺腑，歌詞中有「遺忘一個又一個名字，一次又一次的道別，昨日恍如畫面拼貼」等，把一位時時掙扎於記憶與幻覺之中的失智老人故事，以極其幽默、溫馨的方式，生動的刻劃出來，因而片中會有「就算明天妳連我也忘記了，我們也要一起笑著走下去」這樣親情畢露的對話。

至於我所喜歡的〈早春賦〉，因為不是片子的主題曲，較易被觀眾忽略，我卻認為它應可算是該片的序曲，就跟中國古典小說的開卷語一樣，發揮了點題與畫龍點睛的作用。

簡言之，導演是用一種倒敘的手法，將鏡頭拉到一九四三年的某一天，兩個小女孩踮著腳，悄悄在窗外偷看高中女生在禮堂合唱一首歌，前段歌詞的大意是「春天將至，寒風依然刺骨，山谷中的黃鶯雖盼引吭歌唱，但時機未到，亦無法高歌」，才唱到這兒，就被擔任指揮的音樂老師大聲喊「卡」。

那位留著鬍子的中年男師，很嚴肅的對合唱團員說，唱到這裡，怎麼又忘了要特別唱大聲一點呢？就因為無法高歌，更要唱出聲來，要知道「妳們都在引頸期盼更美好的日子，比今日更美好的日子！」

電影裡並未明說，當年站在禮堂外偷看的兩位女孩，究竟是誰家的小朋友，但觀眾自可猜出其中之一，應就是現已失智的片中女主角。而此一橋段的安排，寓意深遠，亦即似在喻示，當人生遭遇無情風雨的襲擊，無法施展身手時，更應振作奮發，勇於面對與突破！

由於銀幕上未打出歌名，所以讓我很費了一番手腳，才弄清楚這首歌的背景，原來它是發表於一九一三年的東瀛民謠〈早春賦〉，迄今已傳唱一百多年，非僅長期被選為中小學音樂教材，且被「日本放送協會」（NHK）在一九九七年評選為「二十世紀感動全日本的百首歌曲」之一。

說來，人生底事，無不是緣分使然，以筆者為例，要不是看了上述叫好又叫座的日片，我斷難接觸到〈早春賦〉此首激勵人心的歌曲，自然也就「習矣而不察焉」，不會對「早春」一詞有任何特殊的感覺或想法了。

早春，不消說就是初春，人們讀到南宋文學家辛幼安所寫的「無端風雨，未肯收盡餘寒」，或北宋大文豪蘇東坡寫的「料峭春風吹酒醒，微冷」，無須細究，即可知所指的，必是冬盡春來的早春時節。

這段時間縱使天氣開始回溫，每每乍暖還寒，陰晴莫定，其實，只要你注意到農曆採用的二十四節氣裡，歸為春季的六個節氣，分別為立春、雨水、驚蟄、春分、清明、穀雨，而其中打頭陣的「立春」，所交替的前一個節氣，正是一年中最冷的「大寒」，那麼，對天氣如此的變化莫測，也就不足為奇了。

儘管如此，春回大地的信息，依然帶給人們無限憧憬與期盼，這也就是為何一千年前北宋名臣王安石會在二月間寫出了七言絕句「春風又綠江南岸，明月何時照我還」的原因吧！而更重要的是，人們在欣喜迎春的當兒，往往下定決心或許下心願，為未來的一年立下新的目標。

講到新春新願，這應是世人不約而同的行為模式，不過，根據近年來西方媒體的調查研究，多數人對自己所下的決心，諸如減重、戒煙、戒酒、存錢、健身、學外語等等，往往只有三分鐘熱度。美國《時代》雜誌在二〇一八年報導稱，大約有百分之三十的人，對原本年初信誓旦旦欲落實的事，表現得虎頭蛇尾，維持不到兩星期，就拋諸腦後，不了了之。

此項統計數字，固然顯示了人們缺乏持之以恆的毅力，惟從正面以觀，不亦代表著世間男女的內心，一如那位影片中指揮練唱〈早春賦〉的老師所言：「都在引頸期盼更美好的日子，比今日更美好的日子！」

猶記，一九二一年贏得諾貝爾文學獎的法國作家法朗士（Anatole France），如此說過：「欲成大事，不僅要行動，也要去夢想；不僅去計劃，也要去相信。」值此新春伊始之際，不論你我的境遇如何，在面對人生的下一個征程，是否仍應勇於逐夢，勇於計劃，而且相信唯有付諸行動，我們的未來才有可能變得更為美好？

婚姻不是在對方身上尋覓完美，而是在培養柔軟、忍耐、諒解與幽默感。

It is not looking for perfection in each other. It is cultivating flexibility, patience, understanding and a sense of humour.

——美國作家 彼得生

佳偶非天成

人到一定年齡（譬如說年過半百吧），若再有一點社會地位，參加親友的婚禮、婚宴時，不但有機會以貴賓的身分被請到主桌入席，有時還得上台致詞，甚至擔任證婚人、介紹人什麼的。

在別人一生一世大喜之日，上台講話自然不能掉以輕心，若能在眾目睽睽之下，講得既得體又幽默，令人動容，舉座皆歡，那就不算辜負當事人的重託了。若無此口才，最起碼也要能講得中規中矩、四平八穩，這才能交差。當然，最難能可貴的是，致詞者能講出一番語重心長的祝福與期勉之辭，讓一對新人終生受用無窮。

猶記，當年筆者結婚之時，證婚人是曾擔任過部長的國之重臣，他在婚禮上所說的那一番話，至今雖已過三十餘寒暑，依然歷歷如昨，未曾或忘。事實上，他是以過來人的身分，提出夫妻相處之道的「六互」，也就是互敬、互愛、互信、互助、互諒以及互勉。乍聽雖不是什麼不傳之祕或難窺堂奧的學問，卻是放諸四海皆準的人間至理。

這兒所說的「六互」，對許多基督徒來說，也許會覺得有點眼熟，甚至於可以推論它可能是根據《聖經》上所說的「愛是恆久忍耐，又有恩慈；愛是不嫉妒；愛是不自誇，不張狂，不做害羞的事，不求自己的益處，不輕易發怒，不計算人的惡，不喜歡不義，只喜歡真理；凡事包容，凡事相信，凡事盼望，凡事忍耐。愛是永不止息」這一段話，所歸納出來的。

老長官之所以會拈出「六互」來勉勵新人，或許跟時代背景也不無關係。彼時，公教人員待遇堪稱菲薄，維持家計不易，必須由夫妻雙方同心協力、相互扶持，才能養兒育女，安穩走過婚姻路上的風風雨雨。時至今日，情況則大不相同，講男女平等猶嫌落伍，在女權日益高漲的風氣感染之下，婚禮中應邀致詞的貴賓，也不免順應潮流，高唱女權至上。

過去幾年，在朋友兒女的婚禮上，我曾有幸多次在場聆聽馬總統以神祕佳賓的身分蒞臨致詞，每一次都聽他一本正經地當眾出題考新郎官，窮追不捨地詢問對方婚後能否無怨無悔地做到「三從四得」？所謂三從，就是太太出門要跟從，太太命令要服從，太太說錯要盲從。至於四得，可想而知，必然更是以太座馬首是瞻，具體來說，即為太太化妝要等得，太太生日要記得，太太責罵要忍得，太太花錢要捨得。

同一齣戲碼雖然一再上演，每一回仍然讓我瞧得津津有味，特別是眼見新郎被逼問得窘態畢露，新娘在旁卻露出一副樂不可支的樣子，真是逗趣極了。但最近一次聽馬總統在婚禮上的講話，不再見他提什麼男性的「三從四得」了，而是大力鼓吹生育的重要，以及政府對生育的補貼與優惠措施，足見其身為一國之元首，是何等憂心台灣出生率的江河日下，大有將其視為國安問題之勢！

以元首之尊，在婚禮上的言談，無論是幽默或嚴肅，對眾多賓客而言，多半有若過眼雲煙，但對新人來說，一定還是很難忘懷。不過，當年我在美國討生活時，有好幾次在外國友人的婚禮上，聽人朗誦美國作家彼得生（Wilferd Arlan Peterson）所寫的那首傳誦半世紀的名詩〈婚姻的藝術〉，倒令我印象深刻，頗以為然，尤其是對此詩的開頭幾句：

婚姻之樂並非天成，
良緣有賴締造。
婚姻路上小事即為大事，
牽手而行永不嫌老。
須記每日至少說聲我愛你。

此詩篇幅不短，中間還有幾句耐人咀嚼之言，它是這樣說的：「婚姻不是在對方身上尋覓完美，而是在培養柔軟、忍耐、諒解與幽默感。」

十九世紀的英國文學家柴斯特頓（G. K. Chesterton）說：「婚姻是一場冒險，就像上戰場一樣」，如果說他這句警語也有幾分道理的話，那麼，普天下有情人就更應多加體會彼得生的詩句，絕不能讓你我的婚姻成為世間又一樁男女之間的戰爭案例！

你們還在等待什麼呢？
如果你有想做、想說、想分享的事，
就付諸行動好了，你沒有永遠，時間就是當下！

What are you waiting for? If you have something to do, to say, to share, do it. You don't have forever. The time is now.

——美國作家、演說家　巴士卡力

到瑞士喝咖啡

每天清早跑到便利商店買一杯拿鐵咖啡，是筆者長年來養成的生活習慣，要是哪天沒滿足此一「小確幸」，也不免會有一種若有所失之感。說來也是浪漫的想望，我跟內人提過無數回，總有一天要連袂遠征巴黎，在香榭麗舍大道的露天座，品啜最道地的法國咖啡，順便欣賞來來往往穿著時尚的紅男綠女。除此之外，我還從未想過要到其他國家喝咖啡！

話說在台北文山區木柵市場附近，有一家老字號水果行，店內所賣當季的、進口的各種水果，既齊全又新鮮，再加上價錢公道，店家待人親切，生意相當興隆。由於我是熟客，李姓老板只要見我上門，就一定會笑嘻嘻的跟我打招呼，或是聊上幾句「水果經」。

有一次我又光顧其店，李老板主動向我推銷架上的蘋果，說是從南非進口的，個頭雖不起眼，卻又脆又甜，風味絕不輸給日本或智利的品種。我見他熱心推銷非洲物產，忍不住多嘴起來，就說：「我年輕時曾派駐南非工作五年，留下人生極為美好回憶！」

我進一步跟他解釋道：「南非大部分屬於地中海型氣候，冬暖夏涼，四時宜人，盛產的各種水果質精味美，足可媲美咱們台灣，而開普頓、好望角、桌山、花園大道，以及克魯格國家公園等舉世聞名的勝景，無一不值一遊！」

老板看我如此誇讚南非的得天獨厚，眼睛為之一亮，臉上閃過一抹興奮之情，就毫不猶豫的回說：「想不到南非有這麼好，我非得找時間帶家人前往旅遊不可！」許是他回應得太快，我略帶調侃的質疑：「就算你有心，恐怕也不易成行，店裡生意太好，真要休息十天半月，營收上的損失你捨得嗎？」

聽完我脫口而出的這番快人快語，李老板神色頓時黯然下來，語帶沙啞的告訴我：「王先生，我這一生最大的遺憾，就是失信於已過世的老婆。以前我曾多次對她說，等生意穩定下來，家中也小有積蓄之後，要帶她去瑞士喝咖啡，卻遲遲未兌現自己的諾言，沒想到一場突如其來的惡疾，她就撒手而去，如今再怎麼追悔，都已來不及了！」

讓對方勾起過往的傷痛，我雖感歉意，卻仍好奇的追問了一句：「我知道你是水果達人，難道你對咖啡也有研究？為什麼會想到要去瑞士喝咖啡呢？」見我有此一問，老板坦率答道：「我確實喜歡喝咖啡，對咖啡的好壞也略知一二，然而，說要去瑞士喝咖啡，只不過是想到有一天能在一個美麗的國家，跟自己的牽手邊喝咖啡，邊欣賞眼前的湖光山色，這該是何等愜意的樂事啊！」

想來李老板會將此事視為永難彌補的遺憾，已足以證明他並非輕諾寡信之輩，充其量，他只是對妻子開了一張遠期支票而已，而一場天人永隔的變故，才使他真正領會到「活在當下，愛要及時」的人生哲理，問題是其代價也未免太大了些！

這不禁讓我想起暢銷名著《愛、生活與學習》的作者巴士卡力（Leo Buscaglia），曾在演講時提起一則親身經歷的故事，很是啟人省思。大意是：有一位遭逢喪妻之痛的男士，向他請教宜否給妻子穿紅色的衣服入土。

原因是其妻生前一直想買一件紅衣服，而他始終未能如其所願。現在悔之雖晚，惟若能成全妻子生前的願望，亦算對她有所補償。面對這位男士的提問，巴士卡力不假辭色的答說：「她活著的時候，你為何不願買給她呢？此刻再來做這種補救，對她又有何意義可言？說穿了，你只是想讓自己好過一點罷了！」

前述美籍義大利裔作家巴士卡力，是美國當代傑出的學者，也是一位備受推崇的演說家，所寫的心靈著作舉世風行，其中有五本榮登《紐約時報》暢銷書排行榜之列。他終生以傳播愛為職志，致力於探索愛的原動力，並鼓吹愛要落實於生活的細節上，故說出「愛就是生活，你忽視愛，就等於忽視生活」的名言。

筆者過去曾翻譯過其佳言錄，其中很有感的一句是：「我們往往會低估一次碰觸、一個微笑、一句好話、一隻傾聽之耳、一聲真誠的恭維，或一回微不足道的關切所發揮的力量。凡此種種，無不具有扭轉人生的潛力。」

換言之，愛有無限的可能，而且貴在及時表現，不論那是對親人、對情侶、對朋友，或對周遭的任何人，無不應這般行事。就這一點而言，巴士卡力在演講時，也常反問座中聽眾：「你們還在等待什麼呢？如果你有想做、想說、想分享的事，就付諸行動好了，你沒有永遠，時間就是當下！」

如此看來，人生受限於時間的向度，一如《聖經》所描述的「不過是勞苦愁煩，轉眼成空，我們便如飛而去」，更何況世間聚散，每成欷歔，因而，即使不是那種「說到就能立即做到」之事，也不宜太過延遲，或永遠停格在等待階段，不管那是去瑞士喝咖啡，或是去巴黎香榭麗舍大道喝拿鐵！

青春會凋零，愛情會枯萎，友誼之葉會飄落，
母親的祕密願望卻是天長地久。

Youth fades; love droops; the leaves of friendship fall; a mother's secret hope outlives them all.

——美國文學家 歐文

牧師的母親

歲月容易，一晃家母走了已近十個年頭，期間每一年的清明節，以及她的忌辰，卜居在美的家姐都必定會排除萬難，專程趕回來，跟我們在台的幾個兄弟聯袂上山祭拜。算來，母親已離開這麼久了，但我對老人家的思念卻是與時俱增。內心中，很渴望她能不時入夢來，即使是如此虛幻，總也讓我有機會重溫一下母子歡談的天倫之樂，然

而，或許是誠意不足，母親幾乎從未以正面之身出現在我夢境中，是有那麼一回，我依稀夢到她佝僂的背影，而我剛要出聲呼喚，自己就已翻身醒覺，一時之間，心中好不難受！

猶記，老人家辭世的那年年底，我服務的單位舉辦尾牙餐會，身為機關負責人的筆者，在向眾人致詞賀歲時，刻意期勉工作夥伴，絕不可因成天忙於公事，而疏忽了對親人的陪伴，若雙親健在，更應多盡一分孝心。

席間，同仁要我高歌一曲助興，我勉強跟秘書合唱了一首〈遊子吟〉，在唱到「誰言寸草心，報得三春暉」這兩句時，瞥見原本端坐在台下貴賓席的資深作家邱傑顧問，掏出了手帕，頻頻拭淚，我這才猛然想到，他是出了名的孝子，聽說其高堂也才過世不久。

那次，是因我唱了一首歌，讓人勾起對母親的懷念，而不禁潸然落淚，惟多年前，我卻是因為在教堂裡聽牧師證道，講起他母親信教的故事，心有所感，一下子也教我紅了眼眶。

牧師說，他一生的志業，就在傳揚基督福音，在過去二、三十年間，由其帶領而信教受洗的人，無計其數，然而，親友們也都心知肚明，他的高堂老母仍非教友。這些年來，任憑他如何委婉勸說，母親始終不為所動，對此，他也一直頗有挫折感，他深知，難免有人會在背後說三道四，批評他這個做傳道人的，怎麼連母親都說不動。

話雖如此，經由他持之以恆的不斷祈禱，他堅信母親必有回心轉意的一天。事情就是這樣奇妙，有一天他跟母親閒話家常，聊著聊著，老人家突然對他說，她現在已想通了，很想趕快去受洗。

牧師聽她如此表白，自是喜出望外，不過，心中仍不免有些納悶，為何老母親會有此突如其來的轉變，於是，就開口問其原因。老人家回說：「不為別的，就是我將來一定要去我兒子會在的地方！」

牧師講到此處，停頓了一下，聲音變得有點兒哽咽起來，此時台下來參加主日崇拜的眾多教友，也都感動得不能自已，甚至有人默默低下頭來，顯然眼睛都已濕潤了起來。說實在話，筆者自己近年來週日上教堂，也算得上是勤快的，聽牧師們剴切證道，可謂不知凡幾，不過，能讓我有如被聖靈充滿般，當下淚崩的，卻是屈指可數。

實不相瞞，對那位牧師當天證道的主要內容，此刻記憶已很模糊，唯獨對他順便所提老母親信教的過程，一直深烙於心。其實，人世間母親的偉大，何需你我贅言，那種看似平凡，卻永難道盡，永遠無以名之的不凡，早已成為顛撲不破、永難撼動的真理。

過往，人們在一生的閱讀中，所「邂逅」頌揚母愛的文字，必若夜空中的點點繁星，難以勝數，但我相信，總有那麼一兩句話，會像山谷中的回聲，綿綿不盡地縈繞在你我心際。對我來說，美國十九世紀文學家華盛頓．歐文（Washington Irving）所寫過一段描述母親的文字，最是深得我心。

歐文筆下的世間慈母，是這樣子的：「母親是我們世上最忠誠的友人，當嚴酷的考驗不期而臨，當困境取代了順境，當朋友紛紛走避，當所遭遇的麻煩愈形棘手，她仍緊緊守護在我們身旁，以她慈藹的諄諄教誨與忠告，驅散罩頂的烏雲，使我們的心靈重獲平靜。」

歐文是美國文學的奠基者之一，舉凡接觸過歐美文學的莘莘學子，可能都讀過他所寫的寓言故事《李伯大夢》（*Rip Van Winkle*）與《睡谷傳奇》（*The Legend of Sleepy Hollow*），對他如何以生花妙筆刻劃人物性格，以及他如何獨具慧眼的觀照人情世態，必留下深刻印象。

論者謂歐文的文字幽默、詼諧，時帶諷刺意味，惟其對母愛的推崇，卻一點也不含糊，除開上面那段話語常被世人引用外，他還寫過如此觸動人心的詩句：「青春會凋零，愛情會枯萎，友誼之葉會飄落，母親的祕密願望卻是天長地久。」

就牧師的老母親而言，她的祕密願望又會是什麼呢？一個一生都跟基督擦身而過的人，在人生垂暮之年，卻毅然決定走入教堂，這似已說明了一切。亦即，她應不是仰望那遙不可及的天堂遠景，而是衷心祈盼無論在今生或來世，一直都能守護著她那矢志終生傳道的愛兒！

你我一生中只為自己所做的，將隨自己生命的結束而結束，但是，你我為他人與世界所做的，將永存人間。

What we have done for ourselves alone dies with us,what we have done for others and the world remains and is immortal.

——美國詩人 派克

保加利亞的聖人

只要是對佛教稍有接觸的人，即使自己不屬於佛門弟子或十方信眾，也一定曉得《佛說四十二章經》這部經典，因為它是佛教在東漢時代從西域傳入中土後，首部最重要的譯著。

這部經典，是將佛祖所說的某段話，錄為一章，共選了四十二段話，故得其名，雖然全書不過二六五八字，卻是字字珠璣，對一般人修身或待人處世，極具啟發性，而我個人對其中的第十章，特別有感，每每在報章讀到有關行善做好事的新聞，就不免連想到此一章節。

這段經文大意如此：佛祖說，看見別人布施，而起歡喜心，就會得到很大的福報。有個出家人聽後問道，若是隨喜的人，個個都獲得很大的福報，那麼，布施的人本身的福報，是否會因此被分光取盡？佛祖回說，一如一支火炬，千百人拿火把來分取火種，用以煮飯照明，而原來的火依然存在，並不因眾人取火而火勢減弱，布施所得的福報，亦復如此。

佛祖以極其生動淺顯的比喻，向世人開示了行善的哲理，即使我們撇開宗教信仰上消業障、積功德、種福田的意義不談，也不難體會這一段話旨在點出，看見別人行善，斷不能冷嘲熱諷，加以批判，而應抱持心嚮往之的正面態度，默默予以祝福及支持。

從另一角度來說，行善若原本是出自個人的一念之慈，理當低調再低調，絕不應到處張揚，以此沽名釣譽，更不可心存「將本求利」之心，期待有所收益或回報。至於任何人的善舉，若引發他人的共鳴及響應，乃至還願意挺身而出，共襄盛舉，那是為善者生命能量的擴散，是求之不得之事，對其本身來說，實在談不上有任何折損或不利可言！

總而言之，佛門把布施當成修行的必要功課之一，不論是刻意或隨緣，首重發心，這一點與基督教所強調者，初無二致。今舉《聖經》上的故事，即可知其梗概。

根據《馬可福音》的記載，在耶穌的時代，耶路撒冷的聖殿外設有錢箱，供信眾奉獻。有一天，來了一位窮寡婦，她不發一語，非常虔敬的往錢箱內投入身上僅有的小錢。耶穌在現場，眼見財主紛紛解囊，祂並無特殊表示，而目睹寡婦投錢，就召來門徒說，這婦人所奉獻的錢，實比眾人來得多，因為眾人乃是家有餘裕，而婦人卻是一貧如洗。

事實上，《聖經》所錄有關涉及人們如何行善的經文，為數不少，大家最耳熟能詳的，至少有「你施捨的時候，不要叫左手知道右手所做的」、「你們要小心，不可將善事行在人的面前，故意叫他們看見」、「要叫你施捨的事行在暗中」、「你施捨的時候，不可在你前面吹號」等，無不是提醒世人上天所看重的，是人們的初心與動機，而非斤斤計較於數額的多寡。

從上述《聖經》中所載窮寡婦的故事，亦可看出，行善布施絕非有錢人的專利。不說遠的，近幾年來，你可能也留意到，國際媒體多次報導保加利亞一名乞丐行善的新聞，乍聞之下，好像也不是什麼值得大驚小怪的事，然而，當你曉得這位乞丐的實際年齡，你就不可能不想多了解一下他的事蹟了。

這位出生於一九一四年七月二十日的保加利亞乞丐，大名叫杜布里（Dobri Dobrev），如今已是道道地地的百歲人瑞，試想，許多人要是活到這把歲數，難免都已耳聾眼花、舉步維艱了，而老人家過去二、三十年來，不辭辛勞，天天都從所住的村莊步行十來公里，前往首都索非亞市行乞。

如今他的腳力雖已大不如前，每日仍然穿著自行縫製、襤褸不堪的衣服，搭乘公車去市區，穿梭於數個教堂之間，向路人乞討，遇人掏錢打賞，他一定謙卑的躬身感恩，儼然成為當地一道引人注目的風景。

不過，杜布里所以能成為國際媒體的焦點，並非因為他是舉世「丐幫」中歲數最高者，而是他把自己日常行乞所得，分毫不留，全部捐出來行善。此一人溺己溺的義行，教人不禁想起以寫下經典之作《野性的呼喚》，而在美國近代文學史上佔有一席之地的小說家傑克・倫敦（Jack London）說的：「給狗一根骨頭算不上是行善，行善是當你像那隻狗一樣饑餓時，仍然與牠分享骨頭。」

杜布里在二〇〇〇年左右，將全部的財產捐給了基督教東正教會，本身則仰靠每月向政府領取的救濟金八十歐元過活，至於乞討得來的善款，他毫不吝惜的悉數捐給了教堂與孤兒院，總計前後他所捐出去的錢，高達四萬歐元。如今，這位可敬的百歲人瑞，已成為東歐小國保加利亞家喻戶曉的人物，該國人民尊稱他為聖人，或親暱的叫他一聲「杜布里老爹」。

不消說，杜老爹此種不凡的行誼，已為有意行善的世人樹立了永遠的標竿，而他的傳奇生平，也為美國詩人派克（Albert Pike）的名言：「你我一生中只為自己所做的，將隨自己生命的結束而結束，但是，你我為他人與世界所做的，將永存人間」，作了最佳的註腳。

當然，這則遠從保加利亞傳來的故事，無形中亦為《佛說四十二章經》中的火炬之說，作了最感動人心、最有力的見證！

太陽雖好，總要諸君親自去曬，旁人卻替你曬不來。

——近代國學大師 梁啟超

書籍是破冰之斧

每年在台北舉辦的國際書展，若從一九八七年首度登場的「全國書展」算起，已有三十餘年的歷史，不消說，這當然是藝文界、出版界的年度盛事，也是每一位愛書人引頸期盼的覓書良機。

由於筆者與內人都有購書癖，家中早已書滿為患，無論書房、客廳、餐廳、走道，觸目所及，皆是書架及書櫃，儘管說有坐擁書城之樂，但也大大限縮了生活起居的空間，再說，已嫁為人婦的女兒，每次回娘家，都會連連抱怨家中書籍引發的灰塵太多，讓她皮膚嚴重過敏。

有鑒於此，近些年我對走訪國際書展，熱衷的程度雖不減當年，卻是看多買少，知所節制。其實，個中還有一個外人所不知的因素，就是隨著年華老去，不免想到這些自己一向珍視的精神食糧，未來會不會因無家可歸而「淪落江湖」，沒有個妥善的去處。

我這層憂慮，當非杞人憂天，自己打從年輕起就很喜歡逛舊書攤及二手書店，經常遇到一些蓋有藏書印，或作者親筆落款送人的書，其中不乏知名之士，諸如所珍藏林語堂及胡適兩位先生的簽名本，有書商出高價勸我割愛，說破了嘴，我也未曾動心，這些像「飛入尋常百姓家」的燕子，太難得了。

再如，我與一位舊書店的老板是稱兄道弟之交，有時在他店裡撿不到寶，也會撥空特地跑到他在三重市的住宅，尋尋覓覓一番，有一回竟在他家裡瞥見一批詞學宗師鄭騫（鄭氏字因百）的藏書，其中不乏極其罕見的絕版書和善本書，只因店家索價不菲，且希望整批出讓，我就只好忍痛棄之不顧了。

多年之後，我到東歐的捷克首都布拉格開會，在駐地新聞處許貞吉主任府上作客，巧遇在當地講學的林文月教授，飯後聊天，不記語從何起，談起鄭氏藏書流落市面這一段，才知林教授是因百先生的高足。

她對老師一生的珍藏就此風流雲散，大感意外，一再表示遺憾與不捨之意，而此一插曲，無形中也在我心中起了一定的警惕作用，也就是說，讓我深刻感到物跟人的聚散，也有一定的緣分，一旦緣盡，那就跟曹雪芹的名句「一朝春盡紅顏老，花落人亡兩不知」所刻劃的，差堪比擬了。

再如當年筆者在華府喬治城大學深造，幾乎每天都要跑圖書館唸書，常見地上擺著一箱箱的英文書籍，任學生選購，每本才只要區區美金兩角五分，折合台幣約十塊錢左右。有一位圖書管理員告訴我，這些都是校友生前或其去世後家屬所捐，館方篩選淘汰下來的書，畢竟館藏空間有限，不可能將外界的捐書全部予以入藏。

筆者見機不可失，就跟不少老美學生一樣，大剌剌地蹲下來挑書，好幾回確實及時搶到了不少絕版好書，其中最讓我驚豔的，是一本十九世紀所出版的朗費羅（Henry Wadsworth Longfellow）詩集。朗氏是美國文學史上浪漫主義派中，極具代表性的詩人，而這本書插畫及裝幀之精美，真讓人愛不釋手。

我還覓得一本以「閱讀」為主題的語錄書，編者眼光獨到，且下了「上窮碧落下黃泉」的苦功，蒐羅到不少經典的話語，讓我受用無窮，也成為個人不時引用的座右銘。在此，筆者就隨興擇譯其中三五句，即知所言不虛：

- 我們需要像災難般衝激自身的書籍，使我們深切悲痛，好像遭逢摯愛之人去世，好像被放逐於遠離人群的森林，好像一次自殺行為。一本書必須是一把斧頭，用來擊碎我們內心冰封的海洋。對此我深信不疑。（捷克小說家　卡夫卡）
- 當審判日到來的時候，人們不論大人小孩，魚貫進去領受他們天堂的獎賞，上帝凝視著書呆子，就對彼得說：「你瞧，這些人不需要獎賞，我們沒有東西可給他們，他們已愛上閱讀。」（英國女作家　吳爾芙）
- 每一個讀者都在尋找自我，因而作家的作品只不過是一種視覺工具，讓讀者得以認清若無此書或許就永無法看清的自己。（法國作家　普魯斯特）
- 忍受浮生於世的一種方法，就是浸淫於文學的世界，一如沉迷於一場不散的饗宴。（法國小說家　福樓拜）
- 閱讀，閱讀，閱讀。一切都讀：垃圾作品、經典作品、好的與壞的作品，而且要了解作者是如何寫成這樣，就像一個木匠那樣，當學徒時，向師傅學習。多讀，多吸收，然後開始寫作，如果寫出像樣的東西，你自會知道，若是寫得不好，就把它丟出窗外。（美國作家　威廉．福克納）

總之閱讀的益處，絕非三言兩語可以道盡，而這些名家以其不凡的學養與生活智慧，總結其一生閱讀的經驗，讀後不禁令人心有戚戚，良以彼等所言應是普天下愛書人共同的心聲，其中卡夫卡把好書形容為破冰之斧，又是何等深蝕心骨的肺腑之言啊！

閱讀的風氣值得大力推廣，不過「如人飲水，冷暖自知」的事，還是必須由人們親力親為才行，正如國學大師梁啟超先生所說：「太陽雖好，總要諸君親自去曬，旁人卻替你曬不來」，一語道破世人的病根，值得早已疏懶成性的你我，三復斯言！

就去做你自己吧，其他角色都已有人了。

Be yourself, everyone else is already taken.

——英國文學家　王爾德

緣結語錄書

友人卜居於太平洋彼岸的舊金山，海天相隔，無法經常聚首，但卻無礙於彼此長相憶念的情誼。他知我以收集英文語錄書為嗜好，多年來一直樂此不疲，因而日前以快郵寄來一本圖文並茂、洋溢著童心童趣的語錄小書，幾經披閱，讚嘆之餘，亦不禁感到有些慚愧起來。

此書似可列入金氏世界紀錄了，因為作者是一位名叫卡娃（Niki Kawa）的美國小女孩。說來也只不過是七歲稚齡，竟能在雙親的鼓勵與指導下，把所中意的五十餘則名人佳言，搭配自己用蠟筆所畫的插圖，輯印成冊，同時也建立了網站。發行之後，佳評如潮，登上了暢銷書排行榜。

與其相較，筆者又怎能不自嘆弗如？追憶個人鍾情於語錄書，大概已是三十郎當歲數的時候，如今，儘管諸多往事皆已塵封，而我仍清楚記得，行腳國外逛書店時，所購藏的第一本英文語錄書，乃是十九世紀唯美主義文學家王爾德（Oscar Wilde）的佳言集。

其實，我並不是唸英美文學的，但因高中時，在牯嶺街舊書店偶而購得一本文壇前輩巴金所譯的王爾德童話集，捧讀之後，大受感動，從此也就對這位英國文學巨匠懷有一種特殊的好感。

巴金可是「五四」新文化運動以來創作最豐、最具影響力的文學大師，一生勤奮筆耕，包括最膾炙人口的《激流三部曲》、《愛情三部曲》等在內，總計寫下一千三百萬字的作品。他所翻譯的王爾德《快樂王子集》，是由上海「文化生活出版社」於一九四八年間所印行。

這本無關乎政治的譯著，在那個時代，就跟其他大陸版的書籍一樣，同遭被查禁的命運。彼時舊書店或舊書攤若被查到販售此類圖書，事情可大可小，往往不是罰錢即可了事的。書肆老闆深知此中的利害與眉角，不遇熟客主動詢問，絕不會自找麻煩，輕易出示大陸時期所印製的出版物。

售我此書的書店主人，對一個經常穿梭在舊書攤、身著卡其制服的青澀高中生，自無防備之心，一經詢問，即出示了這本書皮已泛黃破舊的禁書，且看出高中生阮囊羞澀，情願讓我分期付款，把書拿去先睹為快。

巴金的這本譯著，收有王爾德一生所完成的九篇童話故事，以及七篇散文詩。筆者對其內容細節早已淡忘，唯獨對一篇題為「講故事的人」之散文詩，始終記憶鮮明，隨時可以娓娓道來，而每一憶及，仍不免捉摸其寓意。

這篇散文詩大意略為：從前有一個喜歡說故事的人，很受村民歡迎，每天外出歸來，眾人就央求他開講解悶。有一天他透露了自己的奇遇，說他途經一處森林，目睹牧神吹笛、仙女跳舞，走到海邊，又瞧見三個美人魚用金梳梳髮，村民們個個聽得津津有味，極為嚮往。孰知，有一天他外出時，真個碰上了自己胡謅出來的牧神、仙女、美人魚種種景象，回到村子後，當大家問他那天有何見聞時，他反而三緘其口，說自己一無所見了。

在此一極短篇中，王爾德既未點出那位說故事者「反向操作」的真正心態，也未在結局開示故事寓意之所在，無形中，營造出一種令人亟思破解的懸疑，讓讀者擁有了更多想像空間。

對此，你也許會設想，王爾德本身即是一位說故事的高手，他深知一個人內心原本的奇思幻想，一旦與現實生活撞擊，那種與他人分享的樂趣與慾望，也就可能隨之消失無蹤。

總之，是這樣一種年少時的書緣，引領我走入王爾德的語錄世界，算算這位才華橫溢的英國文豪，已辭世一百一十多年，其間歐美各大出版社所印行有關他的語錄書，種類之多，難以勝數，人們若曾接觸其一二，必然被他洞燭人情人性、兼具智慧與幽默的雋言妙語，所深深折服。

然而，你我萬萬不可誤以為，王爾德的創作皆是信手拈來、得來全不費工夫之物，證諸他曾說：「整個上午我都在校對自己的一首詩，只刪掉了一個逗點，結果到了下午，我又把它加了回去」，即可知他自我的要求何其之高，寫作的態度又是何等慎重，無怪乎，其字字珠璣的傳世佳言，無不深具感染力！

就連那位七歲的卡娃，亦受啟發，在她所編的「兒童版」語錄書中，選入了王爾德這樣一句話：「就去做你自己吧，其他角色都已有人了。」非僅如此，她還畫了一個可愛的小女孩，一旁寫著：「我喜歡這樣的自己！」

認真想來，世人俯仰於天地之間，每個人都是獨一無二的個體，每個人也都在編織著自身起起落落、悲歡離合的生命故事，而要緊的是，不論我們過得是成功或潦倒，是得意或失意，是熱鬧或孤寂，若不能時時自我肯定，又如何能無怨無悔地跑完人生賽事的全程？

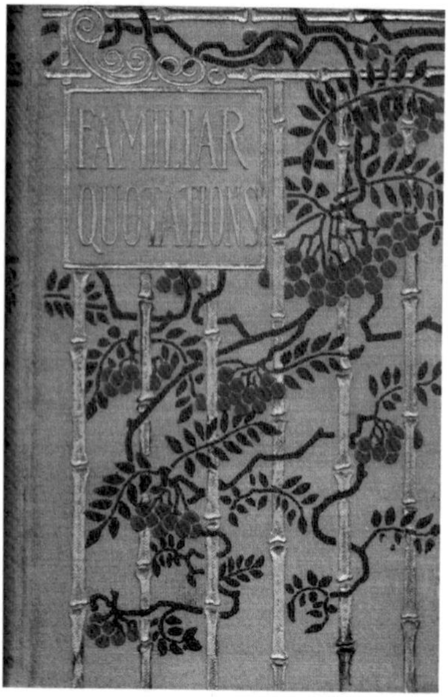

筆者所藏 19 世紀語錄書

人們回首過往，對那些才華橫溢的老師，固然讚賞，但令其感念的，卻是那些觸動過他們心靈的人。

One looks back with appreciation to the brilliant teachers, but with gratitude to those who touched our human feelings.

——瑞士心理學家 榮格

最後一堂星期六的課

某國立大學曾邀我為週末碩士班的學生開一堂課，講述文化資產概論與法規。說來這也是個人的專業，駕輕就熟，似無太多推托的餘地，更何況，能與年輕人齊聚一堂，教學相長，又何樂不為？

一學期下來，我只點名兩三回，而且事先就已言明，點名的目的不在於了解同學們的出席率，而是在增加彼此認識的機會，以免他日異地相遇，會出現「形同陌路」的尷尬場面。

我不擔心學生溜課，並非意味著自己根本不在乎學生的勤惰與出席狀況，而是考量到，時下年輕人外務特多，偶而分身乏術，恐亦在所難免。再說，研究生不來上課，若自身不覺得有何損失可言，或許我們做老師的，也有可以檢討改進的地方。

猶記，筆者當年讀的高中，可說是國內公認最好的男校，學校風氣之開放，外界實難想像。例如，高三下學期，大專聯考日益逼近，上國英數這類主科時，經常約有三分之一的同學缺席，但上文化史這門看來可以在家自修的學科，往往全員到齊，無人向隅。

不為別的，單看老師上課時，旁徵博引、出口成章不說，詩詞歌賦信口就能以濃濃的四川鄉音，徐疾有節的背上幾段給你聽，如何不教人為其翩翩風采心折不已？可以想見，他若非在年輕時狠狠下過一番苦工夫，又何能至此？

追憶前塵往事，雖說俱往矣，惟像高中歷史老師這樣的風流人物，在當前的社會中，就算你踏破鐵鞋，又何處可覓？如今，筆者自身客串人師，想到年少時師長所樹立的典範，高山仰止之餘，也不禁自我警惕，深怕自己學養不足，會有誤人子弟之嫌。

話說這學期開課情形，師生互動良好，某次上課，一位女同學遲進來不過一二十分鐘，中間休息時間，還特地上前致意，說她非常珍惜這堂課，因錯過車次才遲到，很感抱歉。

另一位已婚的女研究生，上課前十分鐘以手機發簡訊表示，幼兒早上突發高燒，必須先帶去看病後才能趕來上課，我連忙回覆說，孩子是命根，應以其為重，一次不來上課，並無任何影響，請其寬心。

月前，上完這學期最後一堂週六的課，同學都按時交出了期末報告，我打好成績，在校方的教師網站中將分數一一登錄後不久，連續接到兩位班上同學的簡訊，一位提到她會永遠記住我在最後一堂課所講的話，另一位則說：「老師上課所分享的智慧，遠比獲得A^{+}更受用。」

看見學生對自己的教學有正面的反應與評價，身為老師的筆者，自然頗感安慰，近數月來不時熬夜備課的辛苦，也總算有了初步代價，而個人所求，充其量不過如此。

然而，從另一角度而言，若依「唐宋八大家」之一的韓愈所言「師者，所以傳道、受業、解惑」之標準來評量，自己又有什麼把握說究竟做到了幾分？

「文起八代之衰」的韓愈，在其千古傳誦的名篇〈師說〉中，開宗明義點出了上述做老師的三大職責，而時至今日，雖然時遷境移，師生關係丕變，但當老師的，自我要求的標準，又應放在哪裡？

你我要是讀到二十世紀瑞士籍心理學大師榮格（Carl Jung）下面這段啟發人心的話，恐怕亦不能不心有所感了。他是如此說的：「人們回首過往，對那些才華橫溢的老師，固然讚賞，但令其感念的，卻是那些觸動過他們心靈的人。」

就我而言，在上最後一堂星期六的課時，利用下課鈴聲響起前的十來分鐘，我跟同學們分享了美國桂冠女詩人瑪雅．安吉羅（Maya Angelou）的一些話語，其中包括：

- 在你一生中，你將面對許多挫敗，但絕不要讓自己被挫敗擊倒。
- 不管發生了什麼事，也不管今天看起來有多麼不堪，生活還得過下去，而且明天會更好。
- 你或許無法掌控一切發生在你身上的事，但是你可以決定不被其所傷。

這幾句出自美國當代女詩人的名言，曾經深深感動過我，甚至在個人遭逢人生的起起落落時，給我帶來極大的安慰，當然想必也感動過、撫慰過無數世人的心靈。

我之所以會在學期結束時，講出這一番臨別贈言，當然是在期勉班上的年輕學子，面對人生的橫逆時，要以生命的熱情勇於接招，而勉人的同時，又何嘗不是再一次的自我惕勵呢！

當我細想自己所說過的話，我不禁羨慕起啞巴。

When I think over what I have said, I envy dumb people.

——羅馬哲學家　辛尼加

銀網裡的金蘋果

由於工作性質的關係，筆者出席會議、主持記者會、接見訪賓或為活動開場等行程，幾乎已成不可免除的日課。在這些場合中，自己當然不可能三緘其口，但有更多機會是洗耳恭聽別人的發言。我深深地感覺到，講話真是一大學問，不要說什麼講得多感人肺腑、令人動容了，即使要講得平實，講得有內容，講得很得體，也不是一件手到擒來的易事。

我跟一位縣市文化首長相熟，每次聽他致詞或發言，都讓我有自嘆弗如之感。他的台風穩健，舉止從容不迫，講起話來總是面帶微笑，給人一種親切和善、如沐春風的感覺。有一次我私下向他請教演說之道，探詢他為何能舉重若輕，講得那樣輕鬆自然。他笑著回說：「我一向認為，演講是一種表演，要想演得出色，心情就必須放輕鬆。說真格的，有時我會把聽眾當成空氣，想到自己面對的是虛空之物，那就沒有任何壓力可言了！」

對方說得容易，但即使演講算是一種表演，是不是也要有一點天分？較務實的做法，還是把講話的藝術當成一種可以學而知之的東西，也就是說，只要有志磨練自己說話的技巧，必然功不唐捐。在這一方面，寫過許多暢銷勵志書、有美國「成人教育之父」稱號的卡內基，曾拈出數則使人們成為說話高手的訣竅，嘉惠無數有心改進個人口才的世人。

卡氏所強調的說話要領，包括：做一個真誠的傾聽者、談論對方最感興趣的話題、讓對方感到自己很重要、說話時始終面帶微笑、學會使用友善的方式說話、站在對方的立場說話、向對方表示同情等。這些竅門，看似老生常談，然而，要想真正心領神會，運用到得心應手的地步，談何容易。

別的不說，稍微捫心自問一下就可知，單要做一名樂於傾聽別人講話的人，就不是那樣簡單。試問在你我周圍有多少人可以免俗，不被列為古聖先賢所說「人之大患，在好為人師」的一分子？換言之，在與人相處或對談時，若忙著說三道四地指點別人應如何如何，又怎麼可能甘之如飴地做一名傾聽者？

英國近代重量級詩人與小說家勞倫斯（D. H. Lawrence），對此倒有較持平的看法。他說：「當你無話可說時，貴能保持沉默；當你真想一吐為快時，就不妨打鐵趁熱地言所當言。」勞倫斯是上世紀的文學大家，從其成名之作《兒子與情人》與《查泰萊夫人的情人》所揭示的人性趨向，就可知他是一位洞燭世情、不屑矯揉造作的性情中人。

就我個人來說，在成長的過程中，常聽長輩殷殷囑咐：「話多不如話少，話少不如話好」一類的話，深知家裡很怕我們這些不知天高地厚的後生小子惹來禍從口出的是非。平心而論，此種顧慮倒非無的放矢，君不見聖經《箴言》中也有一句經典名言：「一句話說得合宜，就如同金蘋果落在銀網子裡。」即可見出自古以來，世人講話能講得讓人深感得體，是多麼的難能可貴。

從另一角度來談，人們常說「言多必失」，應也是一針見血的經驗之談。羅馬哲學家辛尼加（Seneca）就毫不諱言地承認：「當我細想自己所說過的話，我不禁羨慕起啞巴。」

身為思想家的辛尼加，自省力自然非常人可比，他的話儘管說得沉痛，卻是肺腑之言。當然，一個人始終抱持「沉默是金」的鐵律，只能說是自保之舉，畢竟還略嫌保守、消極。說來，言為心聲，一個人講話能講得載情載理，舉座皆歡，學養、口才、風度，缺一不可，果能如是，能教人不由衷佩服嗎？

據說，多年前有個美國訪問團到中國大陸訪問，席間一位訪賓向招待他們的主人問說：「你們中國人老是喜歡低著頭走，而我們美國人卻喜歡抬頭挺胸地走，這是什麼道理？」此話一出，可說語驚四座，然而，主人卻胸有成竹地笑說：「其實這也沒什麼好大驚小怪的，因為，我們老中喜歡走上坡路，而你們老美卻喜歡走下坡路，兩者的差異不過如此！」

以四兩撥千斤的手法來化解對方不懷好意的質疑，這不就是《聖經》中所形容「落在銀網裡的金蘋果」嗎？此種恰到好處、不卑不亢的回應，能傳為美談，也就不足為奇了！

並非我們所有的人都能去做大事，
然而，我們可以用大愛去做小事。

Not all of us can do great things. But we can do small things with great love.

——印度傳教士　泰瑞莎修女

以大愛去做小事

與同輩中的不少友人相較，筆者應算是最愛搭火車，也是跟火車最有緣的人了。想來，別無緣由，就是小時候我家就住在台北市的牯嶺街底，而距離不到百來公尺的地方，就是現今熙來攘往、交通繁忙的汀州路，在當時，這條路乃是從萬華行駛到新店的鐵路支線。所以，若講我是在火車嗚嗚的汽笛聲中長大的，那也是再恰當不過的描述了。

儘管說，火車是筆者永難忘懷的童年美好記憶，惟我深知，在遙遠的世界角落，或許火車留給人們的印象並非如此。例如，孟加拉紀實攝影師阿卡西（GMB Akash）最震撼人心，名為《無處可握》（*Nothing to hold on to*）的系列作品，題材就是火車上每節車廂都被人塞爆，就連車頭前面、一節節車廂間，以及外頭車頂上全部的空間，都擠滿了或坐或站無票的窮苦乘客。

阿卡西現已是盛名遠播的攝影大師，先後榮獲一百多項國際攝影大獎，其作品之所以能引發舉世的共鳴，最主要的原因，就是他展現了無比的悲憫之心，用鏡頭揭露孟加拉社會底層民眾窮困的生活，並對彼等的不幸和苦難，寄以無限的關懷與同情。

他在接受媒體訪問時曾如此說：「今日，我有幸成為一名攝影師，能夠為那些無聲者的悲慘遭遇代言，使他們不被世人遺忘，並且也為我自己找到人生的意義與目標。」他亦曾振臂為邊緣人發聲說：「沒有人有權利評斷你，因為沒有人真正了解你所承受的一切，或許他們聽過這些故事，但他們不會感受到你內心所感受到的辛酸。」

阿卡西以攝影尋得人生意義與目標的故事，足資世間無數攝影工作者以為借鏡。而就筆者而言，不久前為女同事黃巧惠的攝影專輯作序，翻閱其書稿，對她長年以來始終堅持理想，無怨無悔的，以攝影來記錄台灣民俗的志業，大為感動。

話說打從文化部文資局長一職退休下來，雖已數易寒暑，但主持文資工作五年期間不少志同道合同事的身影，仍三不五時就浮現心際，因而想到若將南宋文學家陸游的原詩「人間萬事消磨盡，只有清香似舊時」，更動兩字，而成「人間萬事消磨盡，只有老友似舊時」，似亦恰能顯現筆者的心境。

在諸多讓我感念的同事之中，巧惠是極為特殊的一位。回首負責局務這些年月，在無數公務訪視或拜會行程中，總可見到她手持相機，以輕盈的身姿、專注的神情，捕捉每一個難得的鏡頭。

舉例來說，我曾數度專程前往文化底蘊深厚、傳統工藝師雲集的彰化鹿港鎮，探望木雕大師施鎮洋、錫雕大師陳萬能、粧佛大師施至輝、鑿花大師李秉圭等多位「人間國寶」。眾人歡聚一堂，品茗暢敘，好不快意。如今手邊還存有多張當時的留影，無不是出自巧惠之手，儘管是雪泥鴻爪，亦彌足珍貴也。

猶記，在我行將榮退前某一天，跟巧惠談公事時，我不經意的問了一句：「妳平常為公務攝影所用的相機，究竟是妳自備的，還是局裡的裝備？」她坦率的回說，是她私人之物。她的回覆讓我內心略感不安，就問說有無需公家供應的配備，她遲疑了一下答道，希望能提供一支長鏡頭，我二話不說，就請主秘協助處理。

由於巧惠一直是在局裡的「傳藝民俗組」服務，對於中央指定及縣市登錄的民俗、信仰、節慶等，如雞籠中元祭、大甲媽祖遶境進香、東港迎王平安祭典、鄒族戰祭、阿美族豐年祭、賽夏族矮靈祭、邵族祖靈祭、頭城搶孤、恆春搶孤及爬孤棚、宜蘭放水燈、鹽水蜂炮等等重要活動，一直為之著迷，而且浸淫甚深，每每利用公餘親臨現場拍照紀實。

說實在的，一個人若非心懷極大的使命感，很難具有此種毅力與恆心，良以前述民俗活動，固然熱鬧滾滾，頗有看頭，但其中有日以繼夜者，有通宵達旦者，也有深夜或清晨開跑者，甚至有連續進行數日者（如媽祖遶境），而巧惠卻都不以為苦，反而抱持良機稍縱即逝之心，拼命按下快門。在她身上，你可感受到，人們所稱道的價值觀「敬業」一詞，無非就是生命的真誠投入。

巧惠很念舊，即使是在我退休之後，她每有得心應手之作，仍不時用手機傳來跟我分享。而有感於她以攝影擁抱民俗的執著與堅守，我乃野人獻曝，提醒她：最好能有計畫、有目標的從事攝影紀實工作，以利將來研究、展覽與出版；全景與特寫貴能兼顧，有時後者更具感染力；台灣各項攝影展絡繹不絕，應多參觀借鏡；工作與個人興趣若能全然結合，固是美事，惟家庭及個人身體健康也要顧好才行。

平心而論，在公務體系中，長於攝影者，並不在少數，但巧惠卻絕對是其中的翹楚。她的攝影學養不斷與時精進，作品不求浪漫唯美，而是能從深刻的人文關懷及人性視角，展現她對斯土斯民傳統民俗的深情大愛。

這些年來，她勇於走出公門，踏入視覺藝術的領域，以不斷參加各種攝影比賽，累積自己的藝術能量，終能屢屢脫穎而出，一再奪得各項殊榮。古人說：「世有伯樂，而後有千里馬」，由此亦足以見出她以生命熱情擁抱文化的職志，已為識者所一致肯定。

走筆至此，猛然憶起印度傳教士泰瑞莎修女的話：「並非我們所有的人都能去做大事，然而，我們可以用大愛去做小事。」就此而言，世人投身攝影，或許不能算是做經世濟國的大事，但果若能無私無我的發揮個人生命的能量，以此照亮社會、溫暖人間、造福人群，那也就無負此生了吧！

君子的最終考驗，
就是看他是否能尊重那些對自己可能一無用處的人。

The final test of a gentleman is his respect for those who can be of no possible service to him.

——美國教育家 菲普斯

尾戒與君子

辦公室有位年輕的男同事，宗教情懷不深，常百無禁忌地對人講，他什麼神都信，也都不信。不過，日前卻在左小指上戴上一枚做工不俗的銀戒子，逢人就說，他最近老犯小人，為了免除口舌之災，所以才接受友人的建議，購買了尾戒，希望能趨吉避凶，遠離無妄之禍。

我對命理之學涉獵甚少，過去雖然也曾聽人說起尾戒有防範小人的功效，但對此一純屬市井傳言的說法，始終抱持姑妄聽之、半信半疑的態度，儘管就我個人而言，此生在公部門討生活，一路行來也常跟小人有所周旋。

說起小人，許多人都有過令其咬牙切齒的難忘經驗，足見小人作怪，可說是無時不有，無地不有，其為害之烈，簡直早已成為世間的常態，也是任何正人君子無以迴避的磨難。說真格的，古今中外，對小人的行徑觀察最深刻、最有心得者，恐怕就數孔老夫子了，現今只要唸過幾天《論語》的人，一定總會記得幾句孔子對小人一針見血的褒貶。

孔子是大教育家，重視人性的啟發，開導門生喜歡用比較的手法，不消說，君子與小人就成了他口中最佳的對照組。一般人幾乎都能朗朗上口的句子有：「君子求諸己，小人求諸人」、「君子之德風，小人之德草」、「君子上達，小人下達」、「君子成人之美，小人反是」、「君子坦蕩蕩，小人長戚戚」、「君子喻於義，小人喻於利」，不一而足，卻能大致刻劃出小人的面目與特質。

由於每個人的學養不一，生命經驗不同，人際關係的認知迥異，所以對孔子所說的這些涉及君子與小人的分野，體會與感受也可能相去甚遠。就筆者來說，我特別欣賞孔子所說的「君子喻於義，小人喻於利」一語，事實上，這也是孔子學說中對後世影響較為深遠的一句名言。

如果將這句話直譯成白話，可以這樣說：君子在乎的是道義，小人在乎的是利益。猶記，曾翻閱國學大師南懷瑾先生的傳世之作《論語別裁》，讀到他對這句話的詮釋，不得不拜服大師的睿智，他是如此開示的：「與君子談事情，他只問道德上該不該做；跟小人談事情，他只想到是否有利可圖。」換言之，前者內心中有理想，追求的是道義與公義，後者眼中只有現實，關注的是利益與利害。兩者生命層次孰高孰低，不言可喻。

嚴格說來，小人應該屬於一種廣義的壞人，但未見得是作姦犯科之輩。小人的言行究竟有哪些地方讓人看不起，孔子似乎只是點到為止，並未具體一一列舉，他說「君子坦蕩蕩，小人長戚戚」，充其量只不過點出小人總是患得患失，鎮日憂心忡忡，怪東怨西，心中難以開懷而已。

然而，當代文史大家余秋雨先生在其暢銷書《山居筆記》中，倒有一篇專門批判小人的文章，廣為各界傳誦討論。余氏在這篇散文裡總結出小人的幾項特質，包括：小人見不得美好、小人見不得權力、小人不怕麻煩、小人辦事效率高、小人不會放過被傷害者、小人需要博取同情、小人必須用謠言製造氣氛、小人最終控制不了局勢等等。

余氏是博古通今的學者，行文每每旁徵博引，極具說服力，他對小人的描述倒不完全是埋首書卷的研究心得，而是其走過崎嶇世間道路有血有淚的經驗之談。不過，你我凡夫俗子，縱然沒有余氏百分之一的學養與特殊的人生遭遇，恐怕也能根據自身的處世經驗，輕易歸納出：小人喜歡搬弄是非、小人唯恐天下不亂、小人見不得人家好、小人總是幸災樂禍、小人忘恩負義、小人鬼計多端、小人為達目的不擇手段等種種可歸屬於小人劣行的標籤。

看來，小人雖夥，卻不是那麼難以辨識，因為，遭受小人暗箭中傷，吃過小人苦頭與大虧者，實在不可勝數。反過來看，我們或許要問如何才能辨認小人的對手「君子」呢？

孔子的教誨，固是一種具有普世價值的標竿，但也可能過於抽象，有待細細玩味體會。倒是近代美國教育家菲普斯（William Lyon Phelps）說過這麼一句智慧之言，很可以作為大家的參考。他是這樣講的：「君子的最終考驗，就是看他是否能尊重那些對自己可能一無用處的人。」

依其之見，君子並不難辨識，因為君子最可愛的地方，就在於他不是勢利眼，不會趨炎附勢，不會嫌貧愛富，不會看上不看下。總之，君子可貴，值得人們勉力以赴！如此看來，我們戴尾戒，與其說是在防小人，不如說是在表明自己要做一名君子，甚至更是在自我提醒，要活得名副其實，努力做一名君子！

櫻花樹下，萍水相逢，亦非陌路。

——日本詩人　小林一茶

東瀛歸來不看櫻

不少去過大陸黃山的人，目睹其山勢的層巒疊嶂、雄偉險峻，心靈受到震撼之餘，可能都會贊同明末旅行家及地理學家徐霞客所說：「五嶽歸來不看山，黃山歸來不看嶽」的定評，而我內心中也一直深信，只要在春寒料峭的時節，走一趟日本景點，看過櫻花怒放、落英繽紛的人，心中一定也不免會興起幾分「東瀛歸來不看櫻」的漣漪。

說來，世間紅塵男女愛花如癡，乃是一種與生俱來、難以逆轉的天性，對此，德國十九世紀浪漫主義文學先驅尚保羅（Jean Paul），比喻得最是貼切動人，他是如此說的：「上帝在天幕上，以熠熠星辰，撒下祂的名字，而祂在大地上，則以似錦繁花，栽種其名。」他用三言兩語，道出了花卉在世人心目中應有的分量。

事實上，世界各國亦每每選定某種花卉，作為國花，以突顯其歷史背景、文化傳承或自然環境，諸如我國的梅花、荷蘭的鬱金香、法國的鳶尾花、南非的帝王花等，誠可謂不勝枚舉，然而，像扶桑三島這樣，從南到北遍植各類櫻樹，並將一年一度的「花見」（日文「賞櫻」之意），視為全民運動，舉國上下，不分男女老幼，無不為之瘋狂者，卻是絕無僅有。

或許，有人會以為，日本必是櫻花樹種的「原鄉」，而她之所以能成為櫻花王國，是因其得天獨厚，擁有適宜於櫻花生長的氣候、水質、土壤等自然環境。不過，根據日本學者在一九七五年出版的權威著作《櫻大鑑》所載，追本溯源，日本櫻花最早應是從中國喜馬拉雅山脈的雲南地區傳過去的。東瀛學者一向治學嚴謹，此說諒有所本，應可採信。

時至今日，在大和民族重視庭院設計與植栽觀賞的傳統下，新的櫻花品種不斷培育成功，使櫻樹家族枝繁葉茂，興旺至極。至於賞櫻活動，何時登上日人生活的舞台，雖不易確切斷代，惟從西元九世紀日本詩人在原業平所寫的「世間若無櫻，春心何寂寂」，即可推知千載之前，櫻花已熱熱鬧鬧走入了人們的視野。

易言之，在「春城無處不飛花」的時節，詩人無視於百花齊放、群芳爭豔，個人心緒起伏只受櫻花初開、滿開、凋零的牽引，亦足見出櫻花花期雖短，卻能於無聲無息中，釋放出足以奪人心魂的能量。其實，也用不著多引述騷人墨客的文字，筆者本身就有過永值憶念的深刻體驗。

講起來，已是十多年前的事了。那年，就在人間四月天的櫻花季，筆者接受「日本交流協會」之邀，以訪問團團長的身分，陪同六位縣市文化首長前往京都與奈良參訪。官式拜會與文化設施考察之類的行程，當然少不了，但日方也特別安排我們走訪了清水寺、金閣寺、高台寺、東大寺等歷史悠久、香火鼎盛的佛門重鎮。

這些觸目所及，在在散發著思古幽情的文化遺產，固然教人目不暇給，而最讓我此後念念不忘的，卻是那有如堆雲疊雪般的櫻花。猶記，一行人所到之時，正趕上無數櫻花競相邊開邊落，於是，當人們走在賞櫻步道，腳下所踏過的每一步，盡是即將化作春泥的落花。此外，隨著陣陣寒風飄過來的櫻花雨，不期然從天而降，非僅使你的頭髮與衣襟都沾滿了落櫻，也使你一身飄散著一種似有若無的淡淡香氣。

目睹此情此景，或許你才會約略領悟到，為何日人會對櫻花著迷一至如斯，以及為何他們會將櫻花短暫而燦爛的生命，跟武士道寧死不屈的精神相提並論了。對筆者而言，當看到一株株櫻花無不使出渾身氣力，以命相搏，志在舞出最絢麗奪目的一曲時，腦海不禁閃過「須作一生拚，盡君今日歡」的唐人詩句。

相隔十餘載，日前筆者偕家人在櫻花盛開的時節，前往東京自由行，以償朝思暮想的「花見」宿願。短短數日行程，除卻重遊繁華如昔的銀座，以及行腳神保町的舊書店「尋寶」之外，其餘的時間，幾乎都花在上野公園、千鳥之淵等賞櫻景點之上。

此番再沐櫻花雨，內心依然悸動，但與前次文化之旅相比，心情上似又多了一份悠閒與自在，因為除了遠觀近賞櫻花曼妙的舞姿外，我較有餘心餘力去默默觀察也算是一景的「花見」大軍。

就拿上野公園來說好了，蜂擁而至的各方遊客，有若潮水般，一波波湧入。他們紛紛聚集在每一棵盛開的櫻花樹旁，爭先恐後的，以各式各樣的照相器材，捕捉眼前稍縱即逝的美景。

而放眼過去，眾多櫻花樹下，舉凡可以利用的綠地，都已被人早早據為地盤，鋪上了塑膠布，由一、二位「先遣部隊」負責看守，顯然是為華燈初上後大批人馬的到來預作準備。屆時年少輕狂的紅男綠女，以及平日為生活打拚的上班族，就可在星空下邊賞夜櫻，邊唱歌跳舞，尋歡作樂了。

在東京的各個賞櫻景點，筆者遇見了無數的台灣客、大陸客，以及歐美各國的觀光客，大家有志一同，不辭千里，專為「花見」而來，無形中，等於是為櫻花的絕世之美，作了最佳的見證。

東瀛的櫻花季，永遠勾引著異鄉人，令其魂牽夢縈，戀戀難捨，無怪乎日本詩人小林一茶要寫說：「櫻花樹下，萍水相逢，亦非陌路」，所指出的正是，花開花落雖然匆匆，甚至是回眸之間已為陳跡，卻能使人心趨近，讓人有天下一家之感！

最要緊的一件行李，就是始終保有一顆愉悅的心。

The most important piece of luggage is and remains a joyful heart.

——德國作家 倫斯

做一名快樂的旅遊達人

月前，應邀隨團赴大陸山西省參訪，十天之間，走南闖北，蜻蜓點水似的遊遍境內各著名景點，其中一站，就是遊覽建於一千四百年前的北嶽恆山懸空寺。

一座寺廟，取名如此，不用眼見為憑，也可想見它是依懸崖峭壁而構築的建物，只是古人能有如此高妙的建築技術與力學知識，如何不教人感到驚詫！此外，該寺之所以能名聞遐邇，更是因為它是中國絕無僅有的「儒釋道三教合一」寺廟。千古以來，無數騷人墨客都曾慕名到此一遊，包括寫過傳世遊記的明末旅行家、探險家、地理學家徐霞客。

說來，古今中外喜好旅遊之士，無可勝數，惟別無他務，一心一意以尋幽訪勝、探索大地山川、考察地形地貌與自然景觀，為其一生志業的人，卻是屈指可數。徐霞客二十二歲起開始離家雲遊，不以跋涉履險為苦，至五十四歲辭世，三十多年間遊蹤遍及華夏名山大川，並將其第一手的觀察及體驗，逐日記載，寫成字數龐大的遊記資料。

一般人就算未瀏覽過《徐霞客遊記》，大概也知道徐氏最膾炙人口的一句話就是：「五嶽歸來不看山，黃山歸來不看嶽。」由此話亦可知，位於晉北的恆山，雖然層巒疊嶂，氣勢壯麗，卻非徐氏心目中的首選。

不過，當其在西元一六三三年來到此處，目睹懸空寺的奇險，歎為觀止之餘，也不禁有感而發的在日記中寫下「天下巨觀」四字。對這位曠古以來最偉大的旅行家而言，「險」一字至為關鍵，故曾總結其一生旅遊經驗說：「凡世間奇險瑰麗之觀，常在險處。」

如今，大陸當局為紀念這位不世出的旅遊達人，除將《徐霞客遊記》的開篇日（五月十九日），正式定為中國旅遊日外，也在恆山山麓建一涼亭，取名「霞客亭」，供人憑弔。筆者此次遊蹤至此，想起年輕時，亦曾草草翻閱徐氏傳世宏著，對古人竟能把遊山玩水當成事業，活出專業，進而著書立說，成一家之言，自是打心底佩服，只是彼時個人奮鬥的重心在於安家立業，並不能真正了解旅遊的真諦，直到現在，數十寒暑已匆匆而過，才漸漸體會出旅遊的重要。

其實，早至春秋戰國時代，晉平公就已提出平生三願，將「登萬重山，行萬里路，讀萬卷書」三事，予以等量齊觀。古羅馬哲學家聖奧古斯丁（Saint Augustine），也鼓勵世人多多出遊，因而這樣說：「世界是一本書，那些足不出戶者，等於只讀了一頁。」

時至今日，世人無不重視觀光旅遊，若說十步之內必有稱得上是旅遊達人者，絕不過分，彼等或許不能冠以旅行家的頭銜，無法與徐霞客的胸懷與眼光相提並論，然而，他們對旅遊的益處，以及旅行的種種法則與撇步，無不能如數家珍般，說得頭頭是道，心得滿滿。

總歸說來，旅遊的好處與樂趣，固是人言各殊，但是，歸納起來也不外乎：增廣見聞、擁抱異國文化、重新了解自我、欣賞異國風光美景、品嘗佳餚美食、紓緩身心壓力、滿足購物慾望、增進外語能力、結交新友、培養團隊精神、增進友誼或家人關係等等。

可是，你要是問到我個人的體驗，我則會強調另一角度，亦即有時出國旅遊，不但可使我們那種已被工作、生活、家庭壓迫得支離破碎的人生，獲得重新修補的機會，也可以讓自己在一個全然陌生的環境裡，擺脫層層束縛，以更冷靜、更超然、更客觀的態度，深層的反覘與反省，而進一步發現自我，認識自我，甚至還可蓄積出調整自我所需的能量。

旅遊，能具靈修的功效，未必是人人所能體會，但最起碼的，也要能讓我們身心靈獲得釋放，做到欣然成行，歡喜歸來才行。最近，有一位老友來看我，說他將於近期赴歐旅遊，懍於「在家千日好，出門事事難」的明訓，他已做足功課，也做好萬全準備，然而就怕仍有疏漏，故問計於我。

這讓我想起日前友人從國外寄來一本可愛的語錄集，內中最吸睛的一頁，就是描繪一個男子頭戴遮陽帽，身著花衫藍褲，興高采烈的騎單車出遊，他把愛貓放在把手前的車籃內，讓牠居高眺望，而另有一隻小鳥展翅停留其手，數隻小狗追逐於側，十足呈現出一派輕鬆歡樂的景象。

此圖的下方刊有近代德國作家倫斯（Hermann Löns）的名言：「最要緊的一件行李，

就是始終保有一顆愉悅的心。」

換言之，旅遊有益身心，自不在話下，其好處之多，共見共聞，至於是否真能精於此道，也無關緊要，但無論如何，必須將心情放鬆，時時游目騁懷，樂在其中，這就是徐霞客能成為一代旅行家的基礎功，這也應就是做一名快樂旅遊達人的看家本領吧！

切莫對錯過的機會患得患失，要開始尋找新的機會。

Stop worrying about missed opportunities and start looking for new ones.

——美籍華裔建築師　貝聿銘

異鄉的桃花源

自從十多年前，應日本交流協會之邀，在落英繽紛的時節遍遊京都、奈良後，彼邦櫻花滿開、燦爛如斯的景象，從此就烙印於心底。去年春，為解憶念之情，又以自由行的方式專程飛往東京賞櫻，見證了一片花海、舉目迷離的勝景。

一年容易，轉眼又到東瀛春櫻綻放的時候，可想而知，國內各大旅行社早已摩拳擦掌，競相推出各種令人心動的賞櫻行程。筆者與內人禁不起廣告的逗引，決定摒擋一切，再度重溫櫻花舊夢，只是這回為了省心省事，就選定一家老字號旅行社，報名參加他們所組之團。

原本以為那家旅行社經驗老到，掌握的櫻花情報必然準確無比，孰知人算不如天算，賞櫻團所到之處，無不春寒料峭，冷風襲人，因氣溫不見回暖，櫻花也就遲遲未能盛開。說來實在掃興，此行一共也不過五天的行程，前四天所看到的櫻花，少到個位數字。

面對四處無花可看的窘境，帶團的導遊也略顯尷尬，不過，他可是道地的日本通，人脈極廣，就見他一路上猛打電話探聽花訊，可惜各方「線民」的回報皆不樂觀，讓同行眾人難掩失望之情。

直到行程最後一天下午，車子駛抵日本中部大城名古屋，觸目所及盡是堆雲疊雪般怒放的櫻花，以及紅男綠女賞櫻的人群，全車人這時不禁興奮得歡呼起來，想來這不就是弘一法師筆下所描述的「游春人在畫中行，萬花飛舞春人下」的最佳寫照嗎？而我們這一票遠道而來的賞櫻客，數天來的跋涉，一身旅途的勞頓，也總算有了代價！

講實在的，若就賞櫻而言，此次扶桑之行，難謂稱心快意，但世事往往是「失之東隅，收之桑榆」，這也就是說，在沒有萬千櫻花「遮望眼」的情形下，使筆者有較多的餘心餘力，去注意其他景物的美好，甚至自己已不期然走入現世的桃花源，領受到日本的山中傳奇。

舉例來說，賞櫻團抵日的第一天，就走訪了距京都約一小時車程，位於滋賀縣自然保護區的「美秀美術館」（Miho Museum）。國人對該館的創辦人小山美秀子，或許感到陌生，但若提及其設計者華裔建築師貝聿銘，定然耳熟能詳，最起碼也曉得巴黎羅浮宮前的玻璃金字塔，即是其傲世之作。

此一置身於山區的美術館，係於一九九七年十一月正式開館，彼時創辦人小山美秀子已八十七歲，而建築師貝聿銘亦步入了八十大關，兩位耄耋之年的長者，仍能滿懷生命的熱情與理想，攜手完成了一座以陶淵明〈桃花源記〉為設計發想、舉世無雙的藝術殿堂，單是這一點，就值得你我脫帽致敬了。

說來東晉晚期田園派文學家陶淵明的〈桃花源記〉，已流傳一千五百餘年，迄今仍是家喻戶曉，傳唱不衰，並被海峽兩岸選入中學課本之中。這篇成於西元四二一年，也就是陶淵明五十七歲時的傳世之作，敘述某漁夫偶然間闖入一個與世隔絕的人間樂土，發現住在那兒的人守望相助，自給自足，過著一種純樸和諧、怡然自得的生活。

陶淵明不愧是詩文大家，僅用了三百六十字，便將漁夫這段奇遇，講得絲絲入扣，引人入勝。其中對漁夫是如何發現此一世外桃源，有如此層層遞進的描述：「山有小口，髣髴若有光，便舍船，從口入。初極狹，才通人，復行數十步，豁然開朗。」基本上，也就是這一小段文字，讓貝聿銘先生找到了設計「美秀美術館」的靈感。

貝氏的做法可說相當高妙，他先在山林地開闢出一條道路，然後在兩山的山谷間，興建了一個長達數百公尺的隧道，以及一座獨臂式吊橋，藉以通往美術館的主館。這樣別出心裁的路線規劃，等於是以現代建築的手法，模擬了陶淵明筆下漁夫發現桃花源的過程，可以讓人依稀揣摩到漁夫那種忐忑探索，最後「豁然開朗」的驚喜。

美術館因是建在自然保護區內，受到開發上的諸多限制，為了使建築物與自然環境融為一體，故有百分之八十的空間都藏身於地下。館內典藏的希世奇珍，包含日本、中國、中亞、西亞、埃及、希臘、羅馬等文物，件件吸睛，令人駐足流連，不捨遽去，惟最讓我念念不忘的，仍是那長長的隧道與吊橋。

講起隧道一詞，或許會讓人頓生陰暗、狹窄的意象，而貝聿銘設計的此一隧道，卻是高大寬敞、明亮舒暢。人們步入其間，無任何壓迫之感，遊客彼此談話亦不見絲毫回音。不過，隧道並非採直線打造，無法一眼瞧見出口，不難想像，其彎曲隱蔽的設計，旨在給人一種「柳暗花明」的感覺。

隧道的盡頭，連接著一座長達一百二十公尺的吊橋，四十四根吊索從天而降，橫跨蒼翠幽深的山谷，也向上分割了蔚藍的雲天，最後再呈橢圓形收束於吊橋的兩側，訪客的視線會隨之降落，聚焦於前方美術館的正門。

回首這趟東瀛之旅，無緣日日邂逅櫻花雨，但有幸走過「美秀美術館」的隧道和吊橋，就已不虛此行了。更重要的是，讓我深刻體悟到中華文化底蘊的深厚，亦即一篇晉代陶淵明的〈桃花源記〉，竟能歷經歲月輪迴，在千百年之後，以另一種形式重現於異國他鄉。

此外，同樣令人感佩的，是一代建築大師貝聿銘的雄心壯志，他真誠實踐了自己的名言：「切莫對錯過的機會患得患失，要開始尋找新的機會」，終能以高齡之身，再次把握機會出征，完成了一件具有永恆價值的作品！

旅行，先是讓你默然無語，而後又將你變成說故事的人。

Traveling – it leaves you speechless, then turns you into a storyteller.

——十四世紀北非旅行家 伊本·巴圖塔

萬水千山總是情

就跟許多居住在台灣的民眾一樣，我對有所謂「天無三日晴，地無三里平」之稱的貴州，所知只能用一鱗半爪來形容，儘管說該省著名旅遊景點，諸如黃果樹大瀑布、天龍屯堡明代古鎮、歷代兵家必爭之地的鎮遠邊城、王陽明講學與悟道的遺址等等，是那樣的名聞遐邇，無人不知。

這個暑假終於有機會讓我得償宿願，大開眼界了。日前，應大陸文化部門之邀，筆者追隨國內近百名藝文界人士，在主辦單位極其周到的安排下，壯遊貴州各地，見識苗族、侗族、布依族等少數民族的民情風俗。興盡歸來，一位老友迫不及待地約我餐敘，欲知此行的見聞與感想。

然而，我這老友可是一名不折不扣的旅遊達人，過去早已踏遍大陸的三山五嶽、大江南北，即使地處雲貴高原東部的貴州山區偏鄉，數年前他也曾跟隨旅行團「深入其境」，算是個識途老馬了。所以，他無意聽我暢談什麼名勝古蹟之美，而是很想知道旅途中是否發生了什麼插曲或趣事。

說來，老友喜歡聽故事的個性，實乃人之常情，甚至可說是人性的一環，故西方有研究社會學的專家曾強調，人人都是活在故事的網絡中，世間沒有比說故事更能連結人心的事物了。

事實上，對世上任何一個族群來說，傳說與故事往往是其文化中的精髓，承載著可貴的智慧與人生哲理，絕不能等閒視之，因而，北美地區印地安原住民就流傳有如此的俗諺：「告訴我事實，我會明瞭；告訴我真理，我會相信；告訴我故事，我會永銘在心。」

這趟貴州之旅，或許並沒有什麼特別精彩可期的故事，足以教人聽後心嚮往之或拍案叫絕，然而，細想起來，仍有一些「當時只道是尋常」，或聽來微不足道之事，早已落入心底，在我返台後，不時片片斷斷地浮現心際，難以拋撇。

猶記，抵達省會貴陽的第一天，在下榻飯店的大門前，就瞥見一個推銷當地名酒的立牌，上頭寫著：「喝杯青酒，交個朋友」，一句如此通俗易懂的語句，看似泛泛無奇，卻能打動人心，讓剛下飛機的異鄉人，心頭頓生一種無以名之的暖意。

其實，以往個人多次行腳大陸各地，進出機場或其他公共場所時，也見過一些相當精練的酒類廣告詞，諸如什麼「醇香古今醉，天地盡逍遙」、「感悟天下，品味人生」、「常飲仰韶酒，能活九十九」、「好山好水好燒酒，好漢都要喝兩口」等等，無不各有訴求與賣點，惟最能點出華夏飲酒文化中所推崇的交友之道者，莫過於此句了。

從另一角度而言，這樣一句直白中帶著點感性的廣告詞，也正好反映出貴州人的純樸與好客。例如，一行人來到距離貴陽約一個小時車程的天龍屯堡，走訪具有六百多年歷史滄桑的明代古鎮，觸目皆是斑駁的石牆、石屋、石橋、石板路，以及從頭到腳一身明式服飾裝扮的婦女，身處其間，簡直令你有不知今夕何夕之感。

最讓我有所感的是，驛茶坊的老大娘當街使用古老的灶具烹茶，滿臉堆笑地招呼過路客上前取用。彼時空氣中飄散著一股淡淡的、混雜著些許藥味的茶香。據隨車的導遊先前介紹，此種茶湯是由薑片、甘草、金銀花等多味中藥煎煮而成，入口生津止渴，通體舒暢。

同車諸友見狀，不約而同紛紛聚攏過去取茶品嚐，我動作稍慢，正猶豫之間，已聽那位老大娘朝著我吆喝著：「過來喝一碗吧，不用錢的！」我趕緊趨前捧用，領受了在地人的熱情。

不消說，貴州人的淳樸、和善，也不是三言兩語可以道盡，然而，外來的遊客總是可以見微知著，從一些平民生活的細節上有所體會。例如，參訪團來到貴州的第二大城遵義市，主辦單位依團員之要求，特別安排了自由購物時間，逛街時我信步走進一家門面亮麗的藥妝店，發現架上有自己與家人常用的一種皮膚藥膏，就把其存貨全部掃光。

那位中年女店員大概很少看到有人如此豪購同一藥品，就主動問我有無「會員卡」，若是會員可享有優惠，她見我搖了搖頭，就笑著說：「打從台灣來的？我幫你找一個會員好了！」我不曉得她最終是輸入了誰的卡號，總之她是給我打了一個折扣。這種事在台灣又有誰曾見過？或許也可列入「大陸尋奇」吧！

說到尋奇，參訪團落腳在貴州的另一個文化古城鎮遠時，我發現不少店家招牌上的文字，無不兼具創意與浪漫，多少也顯示了一點貴州人特殊的幽默感與友善，舉例來說，有一家咖啡屋外頭標明以下三樣東西是免費的：上網、聽雨、發呆。又見一家老街上的客棧，門口的木牌寫著：「我的地盤，你做主」、「人生本過客，何必千千結」，讀到這樣詼諧有趣的字句，很難不被其吸引，而忍不住要凝神瞄上兩眼。

為期一週的貴州之旅，來去何其匆匆，團員還沒有機會真個落坐於邊城的咖啡屋，領略一下聽雨、發呆的生活情調，就已要參加返台前夕的歡送會了，主持人看出眾人離情依依，上台後第一句話，就是扯開喉嚨大聲問道：「萬水千山總是情，不走行不行？」讓人猛然驚覺美好的行程倏已趨近尾聲！

在蟬聲嘶鳴的盛夏，我又回到台北木柵醉夢溪旁的蝸居，回想此趟遠遊的種種情景，這才對十四世紀北非旅行家伊本．巴圖塔（Ibn Battuta）所說的：「旅行，先是讓你默然無語，而後又將你變成說故事的人」，有了更深一層的體悟！

死亡只結束了生命，並沒有結束關係。

Death ends a life, not a relationship.

——美國作家　艾爾邦

一盞不滅的心燈

人在年輕的時候，對許多事物都不免視為理所當然，例如當人們讀到形容兄弟姐妹間關係的詞彙，像「血濃於水」、「手足情深」等等，心中或許並不起稍許漣漪，然而，等到上了年紀，飽嚐人生百味與悲歡離合，回憶前塵往事，往往就能感受到此種親情的可貴了。

說來，手足之間有形與無形的聯結，是何等根深柢固，牢不可拔，特別是諸多「當時只道是尋常」的兒時記憶，縱然再也回不去，卻在你我有生之年，時時於腦海中翻騰，使我們的童年得以豁然「重現」。而筆者卜居美東的同胞長姐病逝，更讓我對此有刻骨銘心的感受。

月前，當二姐的獨生女一華隔著千山萬水，打越洋電話，以沙啞的聲音哭泣著告訴我阿姨不敵病魔，已在昏睡中大去之時，我亦心如刀割，不禁悲從中來，痛哭失聲！

回首此生跟長姐相處的歲月，點點滴滴，千頭萬緒，一時全都湧上心頭。而從此姐弟幽明兩隔，除夢中或許得以相見外，何處可以再見到她的身影呢？

在我心目中，家姐可說是亂世的英雌，今世的奇女子。凡是對我們家世，以及家姐生平行誼，略知一二者，當知我所言不虛。

父親王靖國將軍，出身於赫赫有名的保定軍校，是屢建奇功的抗日名將，在國共內戰的最後階段，擔任第十兵團司令兼太原守備司令，死守太原孤城六個多月，城破被俘，病死於中共獄中。

當年家母帶著我們五個子女輾轉逃難來台時，家姐也只不過十餘歲，而她卻能以「長姐代父」的身分，不但協助家母操持家務，並一肩挑起照顧弟妹的重責。舉例而言，在我還只有五六歲的光景，她就經常耳提面命的說：「父親不在，你們這些男孩子，長大後，是要支撐王家門戶的，記得一定要好好唸書，如此將來才會有出息！」

為了讓我們在幼年時就能奠定良好的國學基礎，她扮演了「私塾先生」的角色，教我們背誦《四書》、《古文觀止》，以及唐詩宋詞等，而且她督課之嚴，絕不輸任何學校的國文老師。她定下的規矩是，背不會她指定的文章或詩詞，就不准上桌吃飯。母親見狀不忍，每每出言求情，她總是回說：「餓一下，又有什麼關係？若是讓他先吃飯，他就不會認真背書了！」

可想而知，空腹唸書，當時心中自是怨恨交加，然而，回顧自己這一生，我又如何能不深深感念她當年的嚴格教導？平心而論，若非我的國文程度能略勝於同輩，長大之後，考大學、考高考、考博士班，又怎能一路過關斬將，稱心如願？後來又怎能以寫作為業餘的最愛呢？

再說細一點，家姐對我的教誨與關心，並不止於我的幼年時代，即使我已年奔「不惑之年」，在美西舊金山擔任新聞處主任時，她亦常常為我掛心，屢屢提醒我說，開車要想不出事，必須格外小心，若去不熟悉的地方，事先必須看好地圖才上路，入夜天黑或逢下雨天，視線不良，能不出門就不要出門！

家姐一生事母至孝，舉例而言，當年她從大學一畢業，就進入天主教「靜修女中」當初中數學教員，每月月初領到薪水，立刻將「薪俸袋」原封不動的交給家母過日子，而她自己卻拚命當家教，另籌零用金，並存錢作出國留學的保證金與學費。換言之，在家境如此困難之下，她仍不忘力爭上游，力圖出人頭地！

家姐一生顧家，她自奉儉樸，卻對家人極為慷慨，她與姐夫膝下無兒無女，卻對其妹妹和弟弟的下一代，視同己出，始終疼愛有加。而她們亦極愛家姐，在她病重之時，不僅一華不辭辛勞，放下自己一對稚齡兒女，數度從美西趕來照顧，而我的兩個女兒小咪、小荷亦專程從台灣飛來探望姑姑，隨侍在側！

家姐一生並無特殊宗教信仰，可是，在她病勢沉重之際，內人小韞在她耳邊低聲詢問，是否願意接受我們為她禱告，她微微頷首，接受了我們向父神的呼求，亦即求主垂憐，解脫其痛苦，給予其安慰。

如今，儘管家姐已走完世路的最後一程，但她在家人與朋友心中所點燃的那盞燈火，卻永遠不會熄滅，正如美國作家艾爾邦（Mitch Albom）在其暢銷名著《最後14堂星期二的課》（*Tuesdays with Morrie*）中所說：「死亡只結束了生命，並沒有結束關係。」

這也就是說，我們必定會時時刻刻感受到家姐那盞燈火的暖意，因而我們了解，我們知道，她將永遠活在我們大家的心中！

一個人可給子孫所留下的最珍貴遺產，不是金錢或其生前所累積的有形財富，而是品德與信仰。

The greatest legacy one can pass on to one's children and grandchildren is not money or other material things accumulated in one's life, but rather a legacy of character and faith.

——美國佈道家　葛理翰

新河村的不速之客

人的一生，不論生活過得如何順風順水，總不免有意外的轉折，或意外的遭遇，甚至，讓你像〈桃花源記〉中那位以打魚為業的武陵人一樣，經歷了一番奇遇，得以在生命中留下難以磨滅的烙痕。

就以筆者而言，在職場中打拚大半輩子，也因工作性質的關係，天涯行腳，五湖四海跋涉過不少地方。然而，在退休之前，我做夢也未曾想過，有一天能親眼見到先父在山西太原市的故居，而且最後竟還能尋尋覓覓，摸索找到他的出生地：山西五台縣新河村。

不消說，這個稱得上是窮鄉僻壤的地方，只是整個大陸地區六、七十萬個村子中最不起眼的村落之一，目前全村也只有一百多戶人家，人口不過四百餘人，絕非一般尋幽訪勝者所會踏足之處。

多年前，我曾負責接待一批大陸文化界人士，對方功課做得扎實，互贈紀念品時，特意送給我一本編印極其精美、題名為《王公館》的簡介冊子，翻閱之後，我這才知道，原來座落於太原西華門六號的先父王靖國將軍故居，歷經歲月滄桑，仍然倖存於世，而且已被指定為該市的「重點文物保護單位」。

二〇一四年七月，我跟內人應邀參加了對岸舉辦的「三晉」之旅，機緣巧合，就要求主辦單位順道安排參觀家父故居。當我看到四合院大門口掛著木製對聯「從文尊孔盡忠盡孝，習武奉關守義守節」，以忠孝節義評價父親一生時，內心真是千回百轉，不勝唏噓。返台後隨即發表了〈鄉夢六十年〉一文，獲得不少回響，友人更建議應劍及履及，贊助拍攝一部紀錄片，以還原歷史，並紀念國軍死守太原六個多月的壯烈事蹟。

由於內人與名導演黃玉珊有大學同窗之誼，乃情商其鼎力協助，於是月前筆者夫婦又跟隨拍片團隊再度來到太原的先父故居，錄下極為珍貴的鏡頭，後又專程前往位於定襄縣河邊村的閻錫山先生故居。閻氏有「山西王」之稱，是民國時期叱吒風雲的人物，他在國共內戰最後階段、山河風雨飄搖之際，出任行政院長兼國防部長，並負擔起將政府播遷來台的重責大任。

閻氏在山西的故居（現稱「河邊民俗館」），始建於一九一三年，完成於一九三七年，先後修建了都督府、將軍府、老太爺府、東西花園、閻家祠堂等三十多處院落、近千間房屋，規模之大，可以想見。尤值一提的是，其中之建築有滿清宮殿式、中西合璧式、傳統北方民居式等，或宏偉壯觀，或精緻典雅，或莊重樸實，形式多元，各具特色，在在讓人驚豔讚嘆。

在閻氏故居取景後，已是午後三、四點鐘，依原定的拍攝行程，本可就此打道返回太原，可是我突然心血來潮，起了一個念頭，建議驅車到家父的出生地五台縣新河村打轉一下，看看能不能捕捉幾個可用的鏡頭，以豐富此一紀錄片的內容。

這個想法徵得黃導演同意後，一行人又興沖沖地上車，奔向一個鮮為人知的蕞爾村落。行行復行行，逐漸路窄人稀，鄉間道路的兩旁觸目都是綠油油的玉米田，綿延數哩，卻始終不見人家。開車的師傅不免有點心浮氣躁起來，嘟囔著是否真有此村，此時眼見對向駛來一輛小貨車，趕緊停車問路，對方和善的回說：「新河村嗎？你們走對路了，只要往前一直開下去，包准不會錯過的！」

眾人這才算吃了定心丸，車子又往前走了一大段路，終於看到一堵灰色的土牆，上面用黑漆塗著「新河村」三個斗大的字，彼時我心裡真是五味雜陳，想到自己竟能在暮年來到父親的出生地，內心自是既喜亦悲，無以名之。

就在大夥兒還在打量此村的房舍與街景時，只見不遠處有一位中年人推著坐輪椅的老者慢慢行來，眾人立即趨前請教是否知道王氏舊宅，老人家面露驚訝之色，稍問情由後，就說可以為我們領路。也走不過數百公尺而已，他指著一所高牆斑駁、大門殘破的深宅大院說：「就是這裡了！」

此時有村民聞訊為我打開了大門，只見裡面斷垣殘壁，雜草叢生，一片荒蕪景象，令人觸目驚心。攝影師見機不可失，趕忙取景，這會兒不知誰去走告的，一下子聚集過來幾十位上了年紀的男女村民，爭相以極重的鄉音向我解釋過往的種種情況。

最令人感到不可思議的是，在舊宅的院子裡尚存有一塊石碑，記載著父親在民國十八年擔任七十師師長時，捐助了五百大洋，連同其他人的小額捐款，為村子設立了小學。一位老人家還告訴我，父親曾回來探視過這所學校，送給每位學生一套制服與一方銅製墨盒，而後者他一直珍藏在家，不輕易示人。

家父出生地：山西五台縣新河村老家門口

在眾人慫恿之下，老人家隨即回家取來這方墨盒，讓我們觀賞。墨盒傳到我手中時，我不禁再三摩娑，而睹物思人，非僅感受到父親當年對家鄉子弟的關懷之情，且從盒蓋上所鐫刻「苦學救國」四字，更可感知父親對他們的期許，以及他個人對國家內憂外患處境的深沉焦慮。

眼看已暮色四合，一行人才依依

不捨的揮別了新河村。離去之前，多位熱心的村民又帶領我們走訪了某處人家的院子，在那兒，看到另一塊有關家父事蹟的石碑。據稱，此碑原先是擺於村中的河神廟，自廟體坍塌後始被移走。這塊石碑的碑文甚長，詳載著家父捐款為鄉梓修建堤防以及河神廟的始末。

那天，在返回太原途中，腦海中盡都是那群滿面風霜、純樸憨厚村民們的身影，想到中國大陸歷經翻天覆地的變遷，而世居於新河村的父老，無視於外在世態的丕變與歲月的輪迴，仍能念念不忘家父的行誼，說來實在太難能可貴了。

繼而想到，父親一生戎馬，在離亂的年代，以悲劇收場，他給後代所留下的，無疑回應了美國著名佈道家葛理翰（Billy Graham）所言：「一個人可給子孫所留下的最珍貴遺產，不是金錢或其生前所累積的有形財富，而是品德與信仰。」

這回山西行，意外闖入新河村，冥冥之中似有定數，感慨之餘，也讓我對葛理翰的名言，有了更深一層體悟！

那是裝著一雙翅膀的盒子，有一天上帝會把它打開，
到時你就可以飛上天，當天使了！

It is the box in which your wings are; and some day God is going to cut it open, and then you will fly away and be an angel.

——美國基督教傳道人　考門夫人

歲月帶走了什麼

卜居於太平洋彼岸舊金山的一位友人，入境隨俗久矣，對美式速食一向青睞有加，當他得知台灣某家漢堡連鎖店將推出長達一整月的新春優惠後，就立即以手機報此佳音，勸我把握機會，大快朵頤一番。

對友人的這番美意，我自是心領，不過，他哪會知道，在同輩一幫人中，若論享用

漢堡的總次數，恐怕少有人能與我相比，這倒不是因為我天生對漢堡情有獨鍾，而是過去人生特殊的機緣使然。

猶記，當年筆者以公費赴華府喬治城大學進修，不論陰晴寒暑，每天都得步行四十多分鐘到校唸書。不消說，異鄉苦讀的點點滴滴，確實永生難忘，但最讓我記憶深刻者，卻是來回途中必須走過橫跨波多馬可河的「基橋」（Key Bridge），以及那一成不變的飲食習慣，亦即在去程經過一家麥當勞店時，照例我會買兩份「麥香堡」，權充到校後的中餐與晚餐。

說來，就是這樣一種不尋常的漢堡緣分，使我在無數過往的日子裡，每當路過任何一家漢堡店，常會不期然的，回憶起年輕時負笈異鄉的歲月，包括那家似乎永遠等待我上門的速食店，以及那條長達五百多公尺的橋樑。然而，直到近些年，我才漸漸醒悟，自己所真正懷念的，未見得是有形的景物或餐飲，而是一去不回的黃金年華，以及永不復得的浪漫情懷！

不久前，我到木柵郵局寄信，經過一家漢堡連鎖店，瞥見其門外立著一個木牌，上面用紅藍粉筆寫著「長大後，這些年裡，你都被歲月帶走了些什麼」，心中頓生幾分狐疑，不知店家葫蘆裡究竟賣的是何膏藥，是否最近又開發出了什麼新的餐點，以此作為招徠。

照理說，此類可歸於微型「市招」的立牌，內容無非是以精簡有力的文字來促銷商品或餐飲，曾幾何時見過有人用問話的方式來招攬生意？筆者心中犯著嘀咕，惟轉念一想，年輕人創意無限，這個立牌既然能吸引路人駐足打量，就已算發揮了其存在的功能。

為了解開心中的謎團，我就踏入店內，隨意挑了一樣擺出來的特價品，走到前面櫃台付錢，且故作不經意樣子，問及外頭立牌的含意。替我結帳的年輕女孩，靦腆的笑說：「那是我同事寫好玩的，她今天輪休，沒來上班。」

因為並無其他客人上門點餐，我就追問道：「先不管妳的同事原意如何，妳自己認為歲月究竟帶走了妳什麼呢？」見我有此一問，對方收起了笑容，不假思索的回以「初心」一詞，站在她旁邊另一個女店員，抬起頭來看著我，也補了一句：「我認為歲月帶走的，是我們的純真！」

得到答案後，我隨即轉身離去，走出店門後，我又對那別出心裁的立牌多瞧了一眼，並拿出手機拍照存記。說真的，當下的心情還真是五味雜陳，一方面我很感謝這兩位頗像工讀生的女孩，未排斥陌生人的好奇，坦率道出內心的想法，另一方面，我不僅佩服她們年紀輕輕就有一定的內省功夫及人生體悟，同時，也不捨其在初步入社會，就已警覺到世間的現實與險惡，而深怕自己原本的初心與純真，會隨著歲月的流逝，消磨殆盡。

想來，她們的顧慮亦非無的放矢，君不見流年易逝，初心易變，純真易失，凡此無不是你我共見共聞的世態，但此三者的變易，亦非全然一致。

其中對於逝者如斯的歲月，不論世人如何捶胸頓足，如何扼腕嘆息，亦無可奈何。你只要讀過美國近代藝術史學家貝倫森（Bernard Berenson）所說的「我希望我能站在一個繁忙街角，手捧帽子，乞求人們把他們一切虛擲的時間投給我」，必不免心有戚戚焉。

至於所謂的初心，簡言之，就是指當初的心意與信念。佛家說「不忘初心，方得始終」，又言「出家如初，成佛有餘」，可見護持初心是何等重要的修練。縱使說，人生事與願違的缺憾，所在多有，惟若在信仰上、感情上、工作上，始終不退初心，姑不論最終的成敗利鈍，人生多少亦可無憾矣。

再談到純真的難能可貴，印度詩人泰戈爾講得最是真切。他在其傳世名著《漂鳥集》中如此寫道：「每一個孩子的誕生，都意味著神對人類尚未心灰意冷」，所突顯的正是兒童的純潔善良、天真無邪，不啻是人世間最寶貴、最值得珍視的事物，這也就是人們每以「不失赤子之心」來肯定心地善良者的緣故吧！

日前，筆者又翻閱了一回美國傳道人考門夫人（L. B. Cowman）所寫的《荒漠甘泉》，對純真一詞的意義，有了更深一層的印證。該書是以日記形式撰寫，在十二月二日那篇中提到，有位做母親的，把一個跛腳的駝背男孩帶回家，跟自己的兒子玩耍，她提醒兒子在談話時，務必把對方當成普通人，千萬不可觸及其殘疾的問題。

不過，做母親的仍不放心，就留意孩子們的談話，沒多久聽見兒子跟對方說：「你可知道有什麼東西在你背上嗎？」那位駝背男孩頓感十分尷尬，不知該如何回答，此時就聽見她的兒子說：「那是裝著一雙翅膀的盒子，有一天上帝會把它打開，到時你就可以飛上天，當天使了！」

考門夫人顯然是藉此故事強調身遭深重苦難的人，終因信仰獲得救贖。重讀此文，感動之餘，不禁想起木柵那家漢堡店的有趣立牌，以及那兩位年輕女孩的真誠回應，而反躬自省，除了黯然感嘆「棋局將殘，吾人將老」之外，亦不得不懷疑，無情歲月究竟讓自己留下了幾分純真與初心？

歲月用一切我們未曾流下的淚水，來鐫刻我們的臉。

Time engraves our faces with all the tears we have not shed.

——美國女詩人 娜塔莉・巴尼

只是朱顏改

日前偕內人前往「臺灣戲曲中心」觀賞國光劇團公演的崑劇《天上人間李後主》，散場時，碰見一位已二十多年未見的同事，其實，要不是對方眼尖，先在人群中連名帶姓的把我叫住，匆忙之間，我還未敢冒然與其相認呢！

不過，這也不能太怪我眼拙，而是歲月無情，乍眼瞧去，友人的頭髮已全然斑白不說，就連兩道濃密的眉毛，亦是既長且白，讓人不禁連想到武俠小說中「白眉道人」的長相即應如此。

老友不期而遇，不免寒暄幾句，在問及其近況時，對方頗有自知之明，回說：「我一切都好，只是朱顏改」，顯然他入戲很深，現學現賣，把劇中的台詞立即運用在現實生活中。或許也是相濡以沫吧，我當即回道：「一回相見一回老，大家也都差不多嘛！」

眾所周知，這句「只是朱顏改」，乃是出自於李後主的絕唱〈虞美人〉。根據學者考證，南唐後主李煜的傳世之詞，較可靠的僅有三十八首，其中他在降宋後第三年所作的這一首，應是李氏最膾炙人口的壓卷之作了。

該詞全文「春花秋月何時了？往事知多少？小樓昨夜又東風，故國不堪回首月明中。雕欄玉砌應猶在，只是朱顏改。問君能有幾多愁？恰似一江春水向東流」，以問天（春花秋月何時了）、自問（往事知多少），以及問人（問君能有幾多愁），貫穿全篇，如此一問再問，層層遞進，非僅道出個人心中無限的愁苦、悽楚與無奈，似也在叩問人生的終極意義！

詞裡「雕欄玉砌應猶在，只是朱顏改」一句，予人一種「物是人非事事休」之感，而「朱顏改」三字，儘管與南宋文學家、民族英雄文天祥之名句「鏡裡朱顏都變盡」所指涉的，同樣是感嘆一個人容貌的劇變，但李後主所言，尚有一語雙關之意，亦即他是以較隱晦、較能自保的文字，道出他對江山易主、山河蒙塵的深沉怨懟。

說來，時間在人們容貌上留下的痕跡，著實可畏，對此又有哪一位上年紀的人不能深切領教？這也就是何以美國近代女詩人、劇作家娜塔莉．巴尼（Natalie Clifford Barney），會寫出如下意味深長、觸動人心的話語：「歲月用一切我們未曾流下的淚水，來鐫刻我們的臉。」

詩人深具悲憫之心，洞悉人生在世總歸是苦多樂少，紅塵男女一路行來，遇到讓人黯然落淚的磨難，固不在少數，惟讓人無語問蒼天，抑或讓人欲哭無淚，甚至感到絕望的時候，更是無可勝數。

不過，歲月的鐫刻，是以慢工出細活的方式進行，因而是漸進的，也是無聲無息的，甚至你在當下亦是一無所感的。換言之，人們不可能一覺醒來，赫然發現鏡中的你，竟變成了一名連自己都不認識的陌生人。至於古人詩中所言的「朝如青絲暮成雪」，那也只不過在強調人生短促、紅顏難持罷了。

儘管如此，你當承認歲月對容貌的鐫刻雖稱無情，卻也是大公無私，始終一視同仁，它既不可能縱放某人，也不會因男女有別而有所偏袒。當然，不少女性駐顏有術，確實也會令人產生幾許錯覺，無怪乎英國十九世紀文學家王爾德（Oscar Wilde）就曾一針見血的道破個中緣由，而說出：「男人的臉是自傳，女人的臉是小說」這樣的話了。

就筆者本身而言，自覺外貌尚未到達今昔「判若兩人」的地步，但從搭公車常被年輕人讓座一事可知，盛年已漸行漸遠，離我而去久矣。所幸不少好友一直關心有加，不時以手機或電郵傳來種種健身保養之道，以及諄諄勉勵、打氣的話語或勵志文章，讀後也令人備感療癒。

其中最深得我心的一句話，就是美國當代重量級鄉村音樂歌手迪恩（Jimmy Dean）的名言：「我無法改變風向，但是我可以調整風帆，讓自己總能抵達目的地。」引申來說，對天風、海濤的變化，你我自是無可奈何，對歲月一去不返的自然法則，亦難逆轉，惟你我縱使朱顏已改，步履已緩，人生的理想與熱情，是不是就該輕易棄守呢？

走筆至此，憶起年輕時讀到美國文學泰斗惠特曼（Walt Whitman）在其《草葉集》中的詩句：「讓你的臉永遠面向陽光，那麼陰影就會落在你的身後了」，當時覺得它平淡無奇，並未謹記在心。

如今邁入「鏡裡朱顏都變盡」的人生下半場，再思此語，涵泳之餘，益覺詩人的點化，飽含著人生哲理，而體會出他是以最直白的語言，鼓舞世人縱然身處黑暗或失意之時，仍應找到生活的喜悅，看見生命的美好！

在一張陌生面孔的後面，或許有個朋友正在等待。

A friend may be waiting behind a stranger's face.

——美國桂冠女詩人 瑪雅．安吉羅

忘年的情誼

一位跟我交情深厚的老友，退休之後，遷居於台北市近郊的林口，他拿出半生積蓄所新購的房子，雖稱不上是「豪宅」，但大坪數的室內空間，再加上俱見巧思的隔間設計，只要是到訪過的親友，無不稱羨。

喬遷之喜，何等快意，他招待熟人到新居做客，自是人之常情，無足為奇，而較特殊的是，他曾數度邀請一些過去在機關裡當「替代役」的役男，去他家盤桓整天，午餐晚餐全包，歡聚一堂，其樂融融。

對老友愛護年輕人的美意，外人或許不甚了解，我卻略知一二。以往我到老友服務的機關開會，有時順便去他辦公室打個招呼，親眼見識到那些少不更事的替代役男，跟他講話時，往往表現出一副長幼不分、沒大沒小的樣子。

老友察言觀色，有一回，看出我臉上閃過不以為然的神色，就對我解釋說，我們自己也都年輕過，叛逆過，莽撞過，對這些來自台灣各地的「大孩子」，最好能以交友的方式，多予理解與包容！

看上去，我這老友不僅把機關裡的「過客」視為晚輩，也把他們當成了忘年的朋友，因而能以心感心，贏得彼等發自內心的好感。

不消說，老友此種不凡的襟懷，跟其個人的修養、眼界固然有關，惟跟其早年服役的際遇，亦不無關係。雖說事隔幾十年，他仍記憶猶新，多次提到他服役時，抽到憲兵部隊，營長自己是苦學出身，年輕時正逢國難，備嘗失學之苦，後來勉力考入憲兵學校專修班，力爭上游，終於熬到中校的職位。

這位自律甚嚴的營長，很注重弟兄們將來的出路，極力鼓勵大家在營進修，還特別在晚間開放餐廳給願意自學的人使用，並且精挑在營裡服義務役的大學畢業生，負責課業的輔導，而我那位老友，在學校裡可是一等一的高材生，自然雀屏中選，兼任了近兩年的「補習老師」。

當時，老友並不是頂開心，總覺得為人作嫁，無端受累，直到自身進入社會，人生閱歷漸豐，對人情冷暖體會益深，回首來時路，才慢慢感念起那位營長呵護年輕人的苦心。只是退伍之後，就像斷了線一樣，老友未能與軍中長官再保持任何連繫。

跟老友相較，當年我服預官役所結識的忘年之交，也很值一提。那年，我下部隊時抽中「金馬獎」（抽到去金門或馬祖的籤條），外島服役期間，常跟師司令部負責軍中福利業務的中校科長打交道，彼此混熟了，我在心情苦悶時，就常找他聊天，抒吐心中的塊壘。

科長大我十多來歲，私下見到我不稱呼軍階，卻一直叫我「老弟」，看我悶悶不樂的上門，不善言詞的他，也不多說勸慰的話，總是面帶微笑的，為我倒上一小杯高粱，端出一碟花生米，要我跟他對酌一番。

我退伍後，以高考資格進入公家機關服務，他到台北出差，還會彎過來「探班」。三、四十年間，彼此見面次數雖然寥寥可數，但每年春節，他必定會寄給我一張老式賀年片，背後密密麻麻的交代著他的近況。

我每年照例寄去的記事案曆，他捨不得用，看成是紀念品，把它們按年份整整齊齊排列在書櫃裡。此外，若在報刊上讀到有關我的消息，或是我所發表的文章，就會隨手剪貼下來，不讓其化為過眼雲煙。

這份彌足可貴的忘年情誼，一直延續至今。老科長現已邁入耄耋之年，除了有點兒耳背之外，身體尚算健朗，可以獨自一人搭公車上醫院看病。

有一年我到桃園地區踏勘古蹟修復的情形，還特地繞經龍潭探望一下他老哥，因為時程耽擱了一些，害他拄著拐杖，在住家巷口眼巴巴的枯等了一兩小時。

當我下車後，一眼瞧見那熟悉身影的剎那，既感欣喜，又有一股說不出的酸楚與欷歔。一時之間，腦海中閃過的念頭是，無情的歲月畢竟還是帶走了兩人的盛年，所幸並未帶走這一份始終不變的情誼。

數月前，我給老科長打電話問候，他的聲音宏亮如昔，聽不出有絲毫老態，不過，彼此對話多少還是有點吃力，主要是因為他的聽力已大不如前，卻又未配戴助聽器什麼的。

電話中，他以過來人的身分，再三叮囑我平日必須多運動，多補充營養，絕不可操勞過度，也不可動輒熬夜趕工。關切之情，溢於言表。

從老友跟替代役男之間的互動，以及從老科長跟我維持了數十年的交情看來，世間無處不有值得我們認真付出的情誼，就算有年齡的差距，那也只是無關輕重的參考值而已，有心人何愁不能輕易跨越？

正如美國桂冠女詩人瑪雅．安吉羅（Maya Angelou）所說：「在一張陌生面孔的後面，或許有個朋友正在等待」，如此說來，關鍵可能只在於：你我是否願意先行伸出自己溫暖的雙手！

去凝視一棵樹、一朵花、一株植物吧，
使你的知覺駐足其上。
它們是如此定靜，如此深植於純然存在之根，
且容大自然教導你沉靜之道好了。

Look at a tree, a flower, a plant. Let your awareness rest upon it. How still they are, how deeply rooted in 'just being'. Allow nature to teach you stillness.

——當代著名心靈導師　托勒

淡定度此生

年前專程前往新北市鄉下探望一位長輩，在其陳設素雅的客廳中，瞧見牆壁上掛著一幅他親筆書寫的條幅，字句為佛家語「應無所住而生其心」。

長輩眼明心細，見我注意及此，就面帶微笑的解釋說：「要斷絕一切執著，真是談何容易，我這一輩子恐怕都無法企及，不過，拿它當座右銘，領悟漸深後，面對人世間的紛紛擾擾，總能讓自己活得輕鬆一點，淡定一點！」

長輩青睞《金剛經》中「應無所住而生其心」這句話，我並不感到十分驚訝，事實上，此語正是佛學精義之所在，也可說是無數佛門子弟一心潛心修行、夢寐以求的終極目標。

據傳，禪宗六祖慧能法師當年初聞此語，頓時開悟，傳為千古美談。提起來慚愧，筆者過往也曾埋首研讀多位佛門大德對《金剛經》的闡釋，只是自身根器太淺，至今仍停留在一知半解、似懂非懂的階段，無法真正窺其堂奧。

然而，教我稍感意外的，乃是從長輩口中聽到「淡定」兩字，足見老人家雖落腳僻壤，卻仍趕得上潮流，對當前社會上、網路上的流行用語，非僅了然，且能以此作為個人修養的標竿，從容自在的看待紅塵俗事。

說來，淡定一詞在海峽兩岸竄紅，也是近些年的事，不過，你我切莫以為這跟所謂的「火星文」一樣，都是新新人類別出心裁的新詞彙。事實上，根據學者追本溯源，早在民國二十多年，出生於台灣台南的文學家、佛學家許地山先生，就在其散文集《空山靈雨》中使用此詞，來形容山坡上的野花自開自落、與世無爭的稟性。

許氏是民初新文學運動的要角，對佛學、梵文鑽研深刻不說，也很有語文天才，除通英語、法語、德語等外語外，台語很溜，自不在話下，且因曾在廣州讀中學，粵語也是他日常生活的語言，而他在文章中所用的「淡定」一詞，就跟漢語中的「生猛」、「埋單」等詞彙一樣，正是不折不扣的粵語。

講到許地山，銀髮族的朋友對這位跟台灣有著深厚淵源的學者，應不那麼陌生，因為大家讀初中時，可能都讀到過他所寫的散文名篇〈落花生〉。內中以白描的筆法，刻劃闔家在屋後空地種花生、除草、灌溉、收成、品嚐，以及家人間親切互動的情景。

文中最主要的人物，就是身為一家之主的許父。他很懂得機會教育，在舉家歡慶收穫之際，乃以物喻人，勉勵兒女們應效法委身於泥土裡的落花生，不圖虛名，努力做個有用而謙虛的人。

儘管在許地山此篇傳世之作中，隻字未提其父的家世與生平，但是，舉凡對台灣早期文學作品略有涉獵的人，或許知道許父就是清光緒十六年台南府的進士許南英。

相較於筆者不少朋友，個人對南英先生一生的事蹟，許有較多的認識，過去也拜讀過他的詩集《窺園留草》，原因無他，而是多年前我曾有緣收藏到他畫的一幅梅花，之後多次「以畫會友」，將寶繪出示於友好，眾人觀賞後，對此作品能把梅花的高潔傲岸、堅忍不拔，畫得入木三分，無不拍案嘆服。

總之，是這樣一種文字與書畫緣分，不禁讓人緬懷起許氏兩代先賢的高風亮節。而走筆至此，才猛然想到，上個暑假隨團赴大陸貴州訪問時發生的一件插曲，使我對「淡定」一詞，又多了一層省悟。

猶記，去歲的大陸之行，一行近百人的訪問團，走南闖北，馬不停蹄，行程堪稱緊湊，惟令我打心底佩服的是，人家一切照表操課，沒有任何漏接之處，而且有一位負責接待我們大隊人馬的主管，表現得特別幽默風趣，即使遇有臨時突發狀況，仍能展露笑容，一臉鎮定從容。

在賦歸的當天清早，大夥兒在用自助早餐時，我瞅見他獨坐一隅，就趨前致意，並冒昧的請教他為何能表現得如此優雅風趣，聽後他笑著回說：「也沒有什麼啦，就是淡定而已！」他大概是怕我不能當即領會其意，又趕緊補上一句：「一個人只要內心能真正沉靜下來，就不難淡定處事，舉重若輕。」

簡單幾句肺腑之言，我很感受教。在搭機回台的途中，咀嚼淡定之意時浮想聯翩，心頭閃過了當代著名心靈導師托勒（Eckhart Tolle）的名言：「去凝視一棵樹、一朵花、一株植物吧，使你的知覺駐足其上。它們是如此定靜，如此深植於純然存在之根，且容大自然教導你沉靜之道好了。」

顯然，托勒洞悉世間男女日夜為生活奔波打拚，內心不免浮躁空虛，若逢人生風雨，更覺惶恐難安，因而奉勸世人回歸大自然，以其為師，使心靈獲得沉澱，生命獲得安頓。想來也唯有如此，才能讓我們抖落那無窮無盡的煩惱，進而活得淡定，活得自在，縱然「無住之心」仍是遙不可得！

我花了四年時間，才畫得像拉斐爾，
但要花一輩子，才畫得像兒童。

It took me four years to paint like Raphael, but a lifetime to paint like a child.

——西班牙藝術家 畢卡索

寫「白話文」的藝術大家

對一生宦海浮沉，流金歲月早已奔流而去的筆者而言，回首過往數十寒暑的公職生涯，彌足珍貴的，就是結識了不少藝文界的師友，彼此時相往還，把晤言歡，會心不遠，無形中也從他們身上領悟出許多做人做事的道理。甫獲行政院文化獎的鄭善禧老師，正是一位讓我高山仰止的長者。

舉例來說，鄭老師的藝術成就如此不凡，卻常對人說，渡海三家中，張大千的堂號為「大風堂」，溥心畬的堂號是「寒玉堂」，黃君璧的堂號乃「白雲堂」，而他自己習畫一輩子，仍不成名堂。此雖是一句不可頂真的玩笑話，卻也隱然顯示出其謙抑自持的風範。

細數過去這些年裡與鄭老師過從的點點滴滴，值得訴說之事，非止一樁，但最讓我感心的是，有一回，他慨贈一幅山水，畫的是一葉扁舟孤行於蒼茫無際的湖海中。老師依我所願，把蘇軾〈臨江仙〉一詞的末尾句：「小舟從此逝，江海寄餘生」寫於題識之中，不過，他認為「逝」字太過悲涼，大有此地一為別，一去不復返的味道，因而以「去」字替代，落筆成「小舟從此去」，儘管是一字之差，已見關愛之情。

此外，多年前內人主掌台北市立美術館時，聞說已連續繪製六年「生肖版印年畫」的鄭老師，有就此打住之意，遂急忙專程拜謁情商，甚至還拉我一起前往遊說，終於在「聞名畫廊」老闆夫婦敲邊鼓婉勸下，獲得老師的首肯，後來逐年又陸續完成了其餘六幅的生肖年畫。

我也義不容辭，多次配合鄭老師的生肖版畫，執筆「助陣」，以示感佩之意。例如針對兔年版畫，我曾詳加描述道，年畫畫心正中是一隻毛茸茸、胖嘟嘟的大白兔，以黃澄澄的月輪作為背景，正以衝刺之勢向前奔馳，隱約透露出國人世世代代所流傳月宮中白兔搗藥的古老神話。

年畫四邊鑲有大大小小的胡蘿蔔，每支紅通通的菜身上端，都帶有綠油油的莖葉，突顯出蘿蔔的新鮮誘人，而這秀色可餐的美食，不就是兔寶寶夢寐以求的最愛？以此入畫，足以象徵在新的一年裡，人們所祈求的健康、事業、名利等，必能如願以償。一張年畫中有這樣的好意頭，自然與年節的氣氛做了最完美、最妥貼的呼應。

這套十二生肖版印年畫，每幅的印數為一千張，數量不可謂太少，但北美館的志工人數就達數百人之多，彼等之中凡是當年服勤達一定時數者，即可獲贈一張留念，不少志工心心念念即以蒐集整套為目標，故而無不努力出勤，終能稱心快意，達成願望。

數月前，鄭老師在中正紀念堂舉辦大型展覽時，這十二張生肖版印年畫，亦在展出之列，吸引了眾多參觀者佇足欣賞，大家無不被畫面所呈現的生動色彩、意象與童趣，所深深感染，並在自己生肖的那張版畫前，笑逐顏開地留影存念。

所謂童趣，也就是世間最值得珍視的赤子之心，鄭老師自己也常對人強調，他的畫是道道地地的「白話文」，童叟皆懂。有人以唐代大詩人白居易相比擬，說白詩老嫗能解，而鄭老師的創作又何嘗不是如此？

筆者過去曾翻譯了不少位藝術大師的佳言，對西班牙畫家畢卡索所說的「我花了四年時間，才畫得像拉斐爾，但要花一輩子，才畫得像兒童」，最初並未能了然於胸，直到多次拜觀鄭老師的創作後，才略解其意。

就談談鄭老師此次畫展中一幅題為《春風翠柳燕雙歸》的橫幅畫作好了，主畫面只有兩隻在春風綠柳中翻飛的燕子，乍看似嫌單調，再讀其上的題識前段：「記得去年的春天，燕子做窩在簷前，今年看見燕歸來，不覺春光又一年。燕呀燕！欣喜你康健，去年飛海南，路程萬萬千，請問你何所聞、何所見？」這是屋主問燕兒的話。

題識後段則是燕子的答語：「好主人別後真想念。飛過大海，飛過山，見聞一時說不完，待我新窩做好後，跟你早晚仔細談。」鄭老師並加註道：「此余童年小學國語課本所選之歌謠，幼時背誦至今，七十餘年，尚能背寫之，然不知作者為誰，內容文義極佳，似乎當今所編之教材，有所不及。」

此畫彷彿是一則美麗的童話故事，題識中將燕子予以擬人化，跟並未實際在畫裡出現的主人翁「敘舊」起來，而就因為有作者這樣生動有趣的題識，使原本無聲的「默片」，頓時變成了「有聲片」，也變成一篇人人看得懂的「白話文」，從而顯示出畫家的真摯情感，以及所追求的人生境界。

要之，任何人只要走入鄭善禧老師的藝術世界，很難不被其作品輻射的能量所吸引，因為他的創作是那樣的貼近這塊土地，那樣貼近人們的生活，那樣貼近你我的心靈，讓觀者賞心悅目之餘，更有回味盈頰、如沐春風之感。

再者，你會不期然的，被藝術家透過作品所傳達的那種感情、情操與價值觀，引發一種無名的深沉感動，進而領會到，人生若能永遠保有一顆赤子之心，那又是何等的難能可貴！

上帝其實不過是另一名藝術家，
祂創造了長頸鹿、大象和貓。
祂並沒有真正的風格，只在不斷嘗試不同的事物而已。

God is really only another artist. He invented the giraffe, the elephant, and the cat.
He has no real style. He just goes on trying other things.

——西班牙藝術家　畢卡索

藝壇的雲水僧與苦行僧

人生有如一場奇妙之旅，而人與人之間的諸多緣分，尤為奇妙，筆者與藝術家吳炫三老師的結緣，即為一例。

話說那已是三十多年前的事了，彼時筆者才不過而立之年，外派於南非約翰尼斯堡從事新聞文化工作。在國內時，對名滿台灣藝壇的吳炫三老師，雖已久仰其名，卻緣慳一面，無從結識，但怎麼都沒料到，自己竟能在千萬里之遙的南半球一角，與其腳步交錯在一起。

猶記，跟吳老師初識於異鄉時，適值風華正茂的他，一身旅人的勁裝打扮，談話之間，不見絲毫藝術家的架勢，始終展現出爽朗的笑容與樸實的個性，給人一種無比親切、溫暖的感覺。而數十寒暑之後的今天，儘管他名揚四海，早已成為國際級的大藝術家，給任何人的感覺依然如此，於是乎「阿三哥」此一綽號，也就不脛而走了。

講起來南非是我跟吳老師結緣的起航地，卻是他一生踏入非洲大地中的其中一站，甚至也只是他行腳全世界的一個點而已。世上無數不毛之地、原始森林、知名或不知名的蕞爾小島，都有他履足探索的蹤跡，也讓他留下生命中最難磨滅的印記。

對吳老師而言，旅行目的不只是了解異國文化、民情習俗、藝術風格，更在於找尋自己創作的靈感，累積生命的能量，擴大人生的視野與格局，以及體悟生命的意義，尋找真正的自我。

無怪乎二十世紀美國著名的文學家鮑德溫（James Baldwin）曾如此表示：「在歐洲我遇到了形形色色的人，甚至遇見了自己。」由此可見，經由浪跡天涯所帶來的心靈撞擊，反思自身跋涉過的人生道路，藉以發現自我，找回自我，實有其無以言喻的深刻意義。

走過處處榛莽的蠻荒大地，面對最原始、最壯麗、最懾人的自然景觀，並接觸過無數生活條件極度惡劣，每每掙扎於生死邊緣，卻仍以歌聲和舞蹈表達樂天知命的非洲黑人，吳老師的藝術創作究竟會是怎樣一種面貌，又是怎樣呈現他內心深沉的反省與感動呢？

說來筆者很幸運，當年能因緣際會，就近先睹吳老師在行將遠離非洲之前，於約翰尼斯堡卡爾登大飯店所舉辦的油畫展，而其所帶給我的震撼，就像山谷中的餘音不絕的回聲，一直迴盪於心際。

至今仍歷歷在目的，是吳老師以寫實的筆法，所描繪羅德西亞的維多利亞大瀑布之七〇〇號巨作。那種氣勢磅礡、萬水奔騰的壯觀景象，以大唐李白詩句「黃河之水天上來」，猶不足以比擬。

而特值一提的是，此一巨構之張力，非僅是視覺上之奪人心魂，而同時也讓觀者耳邊依稀響起萬流奔瀉，如聞氣勢萬鈞的交響樂，益令觀者頓有身歷其境之感。此時，或許人們才能真正領悟，音樂與繪畫兩種不同藝術形式，也有其相融性與相通性。

那次吳老師的畫展，不期然在那以白人為主流的南非藝壇，掀起不小波瀾。原因無他，主要是當時該國的種族隔離政策方興未艾，藝壇少見以黑人原住民為主題的作品，而吳老師所展出的人物畫，目的固然不在於為非洲黑人請命，卻隱隱流露出他對彼等生活細密的觀察，以及對其困苦與卑微的人生格局，寄以無限的同情。

吳老師的此類創作，往往介乎具象與抽象之間，卻能以粗獷的線條、幾何的圖形、鮮明飽和的色彩，以及虛實強弱的對比，刻劃出人物的造型、表情與性格，甚至喻示著他們的命運及苦難，因而引發觀者強烈的想像與共鳴，以致內心中充滿揮之不去的莫名感動。

對許多居住於台灣的國人而言，非洲是那麼遙遠與陌生的地方，一生中可能都無緣踏入其境，但吳炫三老師卻對斯土斯民有著無比的眷戀。舉凡非洲的陽光、荒漠、叢林、高原與純樸的非洲人，都成為其閃爍心海的永生記憶。因而，在他不少的繪畫及雕塑作品中，都可以感覺出非洲大地對他的聲聲呼喚，以及所留給他的生命烙痕。

吳老師的成功當非偶然，他像是一名四海為家的雲水僧，旅行的腳步從未停歇，創作的腳步也從未停歇。他很服膺畢卡索（Pablo Picasso）的名言：「上帝其實不過是另一名藝術家，祂創造了長頸鹿、大象和貓。祂並沒有真正的風格，只在不斷嘗試不同的事物而已。」

他更像是一名藝壇的苦行僧，勇於挑戰既有的藝術風格，掙脫一切框架和束縛，奮力追求創作的突破和超越，終能以萬丈豪情樹立一己面目，開創出自己的藝術之路！

吳炫三老師 1982 年的作品《旅途之歌》

壞消息是，時光飛馳而去；好消息是，你是駕駛員。

The bad news is time flies. The good news is you're the pilot.

——美國演說家 阿特休勒

時光的駕駛員

人活到某一個歲數後，與老友相聚，常掛在嘴邊的一句話，就是誇讚對方氣色不錯，說來不過是一句普通的寒暄之語，卻也無形中透露了彼此年紀的「個資」。對此，當代美國影劇界巨子沙里（Dore Schary），快人快語地直言人生約可歸納為以下三階段：青春時期、中年時期，以及「你的氣色真好」時期。

此話確實也是經驗之談，「你的氣色真好」之類的客套話，大概不會是中年以下族群的口頭禪，而步入這個階段的人，隨著身體狀況漸走下坡，所關注的不僅是健康問題，而對歲月流逝的快速，也格外敏銳，甚至會有一種「聽見時間的巨輪在自己背後奔馳」的急迫感。

你我凡夫俗子的感受難免如此，即使如二千五百年前春秋時代孔夫子這樣的聖人，又何嘗不然？最膾炙人口的例子就是，他曾佇立於家鄉曲阜之北的泗水岸邊，凝望著日夜奔流而去的河水，感嘆時光如流水般一去不返，說出「逝者如斯夫，不舍晝夜」的千古名言。

聖人出言較為含蓄，與其相比，明代文學家楊慎所寫的傳世之作〈臨江仙〉，起首的「滾滾長江東逝水，浪花淘盡英雄，是非成敗轉頭空」，似乎顯得更為直白與沉痛？楊氏為明武宗年間的狀元，此首〈臨江仙〉是其壓卷之作，後來被人置於羅貫中小說《三國演義》的卷首，當成了它的開卷語。

時至近代，散文大家朱自清在民國十一年所發表的〈匆匆〉，通篇都以第一人稱，獨白對時間悄然飛逝的深切感受，所寫「我的日子滴在時間的流裡，沒有聲音，也沒有影子」，係將時間比擬成瞬間消融的微小水滴，三言兩語就生動地道出內心中對「時不我予」、「人生朝露」的惶恐不安。

其實，過往人們也一定讀過不少類似的感喟之言，其中筆者特別有感的，是美國老牌喜劇女星狄樂（Phyllis Diller）晚年時曾以自身為例，如此說道：「我不知你們對老年有何感想，但就我個人的情況而言，我甚至沒見到它迎面而來，它是從我背後進行偷襲。」

把時間予以擬人化，指控它會無聲無息地對人偷襲，說法新穎幽默，卻帶著幾分無奈與感傷，真不愧是喜劇的巨匠、善用比喻的高手，而其欲傳達的，跟朱自清在〈匆匆〉一文所講的，是不是也有異曲同工之處呢？

從以上信手拈來的二三例子，足可推知，舉世滔滔，無分古今中外，對歲月不居、年壽有時而盡的焦慮，乃是世人無可閃避的共業與生命情調，你我對此固然無能為力，惟若過於悲觀，似亦無助於事。

就如美國當代勵志演說家阿特休勒（Michael Altshuler）所言：「壞消息是，時光飛馳而去；好消息是，你是駕駛員。」

換言之，世人在有生之年，對時間的支配，全然操之在我，一般人或許不能效法近代文壇巨擘魯迅先生那般，惜時成性，可以「把別人喝咖啡的時間都用於寫作」，但多少也要領悟幾分活在當下、珍惜當下的人生哲理。

時序已入冬，一歲將盡，台北一〇一大樓照例舉辦的跨年煙火秀，想必精彩可期，屆時筆者雖不願失之交臂，卻寧可老老實實的守在電視機旁，與舉世同歡，這也就是說，除咱們台北一地外，我還可以同時觀看東京、紐約、倫敦、雪梨等世界其他大城萬民歡騰守歲的盛況。

對我來說，近年來各地跨年的種種美景，依然歷歷如昨，其中最讓我心有戚戚焉的，倒不是夜空中五光十色、璀璨奪目的煙火，而是在倒數計時後，紐約、倫敦等地的現場民眾，必然相互牽手，或是擁抱親吻，齊聲合唱那首由蘇格蘭民謠所改編成的〈往日時光〉（Auld Lang Syne）。這首歌乃是經典名片《魂斷藍橋》的主題曲，傳唱至今，風靡全球。

曲名是蘇格蘭古語，台灣將其譯為〈驪歌〉，單聽開頭的前四句「怎能把老友忘記，而不縈懷於心？怎能把老友忘記，那往日美好時光」，就讓人立時產生一種懷舊的傷感，不由憶念起昔日共處的故交。

在跨年之際，回首前塵往事，眾人唱出了內心對友情的深沉渴望，此時此刻，他們腦海中所浮現的，可能是往日的情懷，以及那永遠留存心底的美好情誼。而你我縱不能躬逢其盛，卻可以透過電視螢幕，心馳千萬里之外，遠距目睹此情此景，這時又怎能不心緒翻飛，感動莫名？

在跨年之際，展望未來，想到歲月何其匆匆，過去的一年已然遠離，永不復返，如今若想努力活在當下，絕非一意追逐短暫的歡樂，而是應銘記美國羅斯福總統夫人（Eleanor Roosevelt）那句激勵人心的名言：「未來是屬於那些相信自己美夢的人」，進而對人生重拾信心，再次鼓起生命的餘勇，踏上另一段的征程，追尋我們未竟之夢！

在人們的書信中，存在著其赤裸的靈魂，書信只不過是內心的明鏡而已。

In a man's letters, his soul lies naked, his letters are only the mirror of his breast.

——英國十八世紀作家　約翰生

寫信給未來的自己

正式從職場退下來後，終於擁有較多的時間整理私人物品，而在慢條斯理翻箱倒櫃的尋覓中，除找到當年所收藏林語堂先生寄給胡適、李濟與董作賓三位學者的問候郵簡，以及梁實秋先生寫給友人談及喪偶之痛的便條等函件外，也發現自己仍保留著一些年輕時好友的來信。

若從文物收藏的角度而言，由於近年來藝術市場的火紅發展，名人信札的價值水漲船高，不容小覷，然而，若從個人的紀念性來說，同儕好友的信函，似乎更有一番特殊的意義。

披閱這些紙張泛黃、塵封已久的書信，我所捕捉到的，不僅是年少輕狂時的記憶，同時也再次感受到自己那個世代年輕人的純真跟熱情。而最令我感觸良多的是，同學中有些人的文筆何其典雅流暢，恐非時下須臾不離手機的一般學子所能媲美。

例如，在一封大學時代死黨的來信中，讀到他引用北宋詞人晏幾道〈少年游〉中的名句：「離多最是，東西流水，終解兩相逢。淺情終似，行雲無定，猶到夢魂中」，來形容畢業後彼此天各一方，聚首不易，並藉以表達對人生悲歡離合總無常的慨嘆。

在另一封來自服預官役時所結交的好友信函中，我讀到他情意拳拳的殷殷期盼著，我能早日隨部隊從金門調回本島，以便把晤言歡，他在信末還引用了唐朝大詩人韋應物的絕唱「懷君屬秋夜，散步詠涼天。空山松子落，幽人應未眠」做結尾，同樣表達了心中的孤寂，以及對友人的思念，何嘗不是令人有「人在天涯，情在咫尺」之感！

由上述二例，亦可約略看出，彼時受社會氛圍所感染，人們普遍重視國學，對傳統詩詞尤有偏好，青年學子中能將唐詩宋詞之名篇默記於心，朗朗上口者，比比皆是。他們在與友人魚雁往還時，信手拈來的詞句，含蓄雋永，頗能發揮言近旨遠、意味深長的感人效果。

再說，親筆書信乃是個人的手跡，字形、架構、筆勢、力度，在在顯示其個性與人格特質，故西方早有筆跡心理學的研究，況且，見信如見人，那股無形的親切感，自會跳躍於字面，這可不是時下各種通訊軟體所能企及。

對此，英國十八世紀集詩人、散文家及傳記家於一身的約翰生（Samuel Johnson）博士，剖析得最為精闢，他是如此說的：「在人們的書信中，存在著其赤裸的靈魂，書信只不過是內心的明鏡而已。無論穿越心際的意念為何，均不免自然流露，既不會被顛倒錯亂，亦不會被扭曲失真，你可從字裡行間了解其思維脈絡，並察覺其行止動向。」

人們讀約翰生這段話，固不難心領神會，但仍不免有所疑惑，在時遷境移之下，現今你我身處通訊科技日新月異的時代，隨時隨地都可以與他人線上通話，或發「電郵」等，難道還有提筆寫信的需要與必要？難道寫信這種似乎早該走入歷史的「舊式」聯繫方式，尚有任何存在的價值？

前不久，日本有一則頗受注目的新聞，多少回答了這些疑問。在東瀛瀨戶內海一座離島上，有一間別開生面的郵局，名為「漂流郵局」（Missing Post Office），設立一年多來，已收到來自日本各地三千五百多封信件，收信人要不是已過世者，不然就是未來的自己。這些「查無此人」、無從投遞的郵件，並未成為這所郵局的燙手山芋，反而變成郵局常設展中最吸睛的物件。

人們寫信給已辭世的至親好友，來抒發個人的思念之情，藉以獲得心靈上自我的療癒，想來也是情理之中的可行之策，但是，又為何要虛耗精神，寫信給未來的自己，這是不是有點多此一舉，窮極無聊呢？

當然絕非如此，除了上述日本的實例之外，事實上，已有人認真經營這類人性化的服務網站，為有意寫信給未來的自己者，設立一個平台。此一有若「時間膠囊」的設計，是讓投信者指定在未來任何一個時間點開啟其信，換言之，你可以將開信日選擇設在一年、兩年或二三十年之後的某一日，皆無不可。

如此，至少可讓我們在未來的某一天，憑此透視自己的人生，回顧與反省自己的來時路，比較當初寫信時所設定的人生目標、目前達陣的情形，以及為何會有事與願違的落差出現。

總之，在一個書寫之道日漸式微，社會已不流行親筆寫信給別人的時代，不管是採用「實體」或「網路」寫信給未來的自己，應是一樁不必巴望郵差上門，也無太多風險可言之事。

你我何妨一試，讓未來的自己與現在的自己，相遇於途，其真正的目的，當不在於使自己去撫今追昔，感嘆歲月的易遷，而在於使自己有機會能更冷靜、更淡定的檢視自我，為人生的下一段路程做好準備！

附錄一

紅寶之緣

說起來，筆者與《中華日報》結緣甚早，然而，若非該報副刊室來電邀稿，我斷不會想到古人所說「百年光陰彈指過」那句話，是一種何等飽含人生哲理的深沉感慨！因為，此時此刻「回首向來蕭瑟處」，我這才恍然驚覺，韶光易逝，在不知不覺中，竟與「華副」腳步交錯達四十年之久。而人盡皆知，外國人把夫妻結褵四十載的結婚紀念日，叫做「紅寶婚」（ruby wedding anniversary），以示鶼鰈情深，歷久彌堅。那麼，套用此詞，我與「華副」之間，似乎也算得上是另一類的「紅寶之緣」。

如果記憶無誤的話，我跟「華副」緣分的啟航地，是在台北金門街對面、羅斯福路上的生計麵包店。那時，我剛入行政院新聞局服務，平日上午準八點就在這一家老字號的店鋪前等交通車。

一起等車的同事中，有一位名叫姚嘉為的才女。她畢業於台大外文系，中英文造詣俱佳，兩人混熟了，她就很熱心地為我介紹了「華副」的編輯陳清玉，不久之後，我就開始為該刊陸續翻譯一些以友情為主題的名人語錄。

陳清玉見讀者對此專欄反應不惡，就為我引見了「爾雅出版社」的創辦人柯青華先生（即為名作家隱地），於是我人生的第一本書《友誼之舟》就此誕生，我對柯氏的提攜之恩，一生感念。

此書發行一年，再刷了五次，我不知該如何投桃報李，就寫了一封言詞懇切的信給「爾雅」，言明此後絕不再領取任何版稅。柯氏為人豪邁，極重情義，在我結婚時，竟包了台幣一萬元作為賀禮。

若以物價相比，此數至少相當於現今的台幣五萬元，真可謂是大手筆啊！而對於初入社會，又勉力成家的我來說，縱然算不上是人生的第一桶金，卻也是一筆不無小補之數。

細思過往，「華副」惠我良多的美事，實不止一樁，例如，現任主編亦為我平生另一位貴人。多年前，她見我在別家報刊所闢專欄《公務員ＤＮＡ》，深入淺出，饒富勵志意涵，且對現今公務文化，頗多褒貶，就力促我再接再厲，續寫未竟之篇。

其中筆者所追憶扶桑之行的旅遊文字〈櫻花精神〉，獲得專門編印中學教科書的翰林出版社之青睞，選入了國中國文課本，成為無數少年學子必讀之文。我對自己的文章有機會能讓下一代一讀，很感欣慰，覺得這也該算是一種世代溝通的方式。

翰林在出版業界，堪稱翹楚，其主編直言相告，為了替原來的六冊國中國文課本各抽換一篇文章，苦心搜羅，前後一共覽閱了三千多篇文章，〈櫻花精神〉能僥倖中選，飲水思源，何嘗不是「華副」之功，由此亦可見出《中華日報》之影響力，實不容小覷！

此外，過去曾長期擔任「華副」主編的蔡文甫、吳涵碧兩位文壇先進，對我的業餘寫作生涯，始終鼓勵有加，種種厚愛，無不讓我點滴在心，後來我得以順利出版多本譯著及散文集，也都是拜賜於彼等的鼎力臂助。

說來，人世間諸多緣分，往往飄忽無定，隨緣聚散，故清代詩人有「日午畫船橋下過，衣香人影太匆匆」之嘆，而筆者與「華副」因緣殊勝，如今回顧彼此筆墨文字之誼，心中更是充滿了惜福感恩之情！

附錄二

柏斯曼短篇小說選

南非短篇小說大師柏斯曼

柏斯曼（Herman Charles Bosman, 1905-1951）是南非近代最有才華、最令人懷念的短篇小說家。他的作品無論在人物的塑造、故事的敘述，以及語言的運用等各方面，均有著高人一等的技巧。他的第一個短篇小說集《馬非金之路》，已被公認為是南非文學的經典之作。

柏斯曼有一次在提到他的寫作過程時曾說：「我流汗、苦思、寫、重寫、重打（不知凡幾）、詛咒、熬夜……」寥寥數語，道破了他寫作的心酸，不過，亦足以表示，他的成功並非倖致，而是他的文學天分加上敬業精神，才使得他的每一篇小說都能打動讀者的心靈，引起萬千讀者的共鳴與迴響。

近代南非的作家中，在國際上享有大名的人屈指可數，詩人坎培爾（Roy Campbell）乃是其中的佼佼者。他從不輕易許人，卻曾推崇柏斯曼的作品為：「南非有史以來最傑出的小說作品。」

在柏斯曼的大部分小說中，每每出現一個來自南非馬里克區名叫「夏克・勞倫斯」的老人。他是敘述故事的人。他的純樸、幽默、機智、富於同情，以及偶而表現出的老於世故，或許就是柏斯曼本人的化身。

柏斯曼的筆下始終流露出他對非洲大地的熱愛，他那濃厚的鄉土意識，往往令我們不由自主的，對那片陌生的土地，那群陌生的人們，產生一份無以言喻的嚮往與關懷之情。

歸於塵土

柏斯曼／著　王壽來／譯

我發現，對少男或少女的去世，人們往往覺得背後總會有一個哀婉動人的故事。此中情況，跟老年人的壽終正寢，迥不相同。舉例來說吧，設想一個正值雙十年華的少女，死非其時，那麼人們就會興起悠悠的思情，用各種浪漫的詞句來描繪。說她是蘭摧玉折，紅顏薄命，說她是一朵未開而凋的蓓蕾。而那一兩位便衣官差在其葬禮中的粗魯話，所引起的群情憤慨，看上去也都是那樣合情合理而淒美感人了。

可是，等你一旦上了年紀，就沒有人會在乎你的離世了，當然，你自己除外。我以為，人一生的行徑，與他接近人生末站時的內心感覺，是大有關係的。我還記得，維梭茲奄奄一息的躺在牀上，喃喃不停的敘述著他這一生是如何清清白白，無愧於人，所以才能心安理得的得到解脫。我眼睜睜的瞧著他走向人生終點，不斷嘟嘟嚷嚷的訴說他是何等快樂，能有天上的聖靈及看不見的天使圍繞身旁。我的確從未見過有人能在彌留之際表現得比他更為平靜。

就在他嚥下最後一口氣之前，竟說，那些天使已變得清晰可見了。他說，她們是中等形狀的天使，具有分趾的腳蹄，身上還帶著耙子。顯然維梭茲在那時刻，已有點神智不清了。不過，還是那句話，我從沒有見過一個人能死得比他更為心安理得。

有一次，在東川斯瓦省的瘧疾季裡，我發著高燒，像是距死不遠，覺得整個世界似乎就是一大片墳場，地球本身就是墓地，而不僅是那些位在西部省橡樹陰影下，或川斯瓦省山坡下，圍著柵欄、點綴著墓碑小塊地。這是一個極端困擾我的夢魘，燒退病癒後，感到欣慰的是，想到我們波爾人（註：荷蘭裔的南非白人）在自己農場中擁有特別劃出的地方，可讓白人以文明的基督教方式安葬，而不是隨隨便便的被掩埋，或與一隻死野貓同穴，或者跟一個帶著土缽或雜七雜八東西的黑人合壙。

我把此一想法說給與我在荷蘭就在一起的老友史多福聽，他衷心贊同。他說，有人大唱高調，把死亡說成是偉大的平等器，這些唱高調的人們主張，凡人皆因死亡而趨於一致。不過史多福說，這些論點尚待證實。畢竟，波爾人當初之所以要離鄉背井，遷入川斯瓦省及自由省，就是因為英國政府要把投票權普及到滿頭捲髮、腳戴響環遊蕩四處的開普省雜色人。

生平首次聽見這類有關死亡使人皆歸於平等的論調時，史多福不禁疑心大起。他解釋說，因為這種話聽起來像出自於一個開普省自由派政客的演講。史多福的這番話，使我頗感安慰。

為了說明他的疑惑，史多福給我講了一個發生在過去川斯瓦省黑人戰爭中的故事。我不曉得他講的是否有誤，或是一本事實，不過，在他說完之後，我發現，我竟也被弄糊塗，大惑不解起來。

「你到尼維丹城時，不妨去瞧瞧魏爾曼的墓碑，」史多福說。「當然，紅沙石墓板早已風化，顯示了年代的久遠，但是上頭所刻的字依然清楚可辨。魏爾曼倒下去的那個早晨，我跟他是在一起的。我軍中了黑人埋伏，四散潰逃。我毫無餘力支援魏爾曼。猛一回首，我瞧見一個高大的黑人撲向他，把一枝長矛插入他的身體。隨後，就開始剝他的衣服。一條黃狗十分興奮的繞著牠的黑主人打轉。

儘管我自己也是險象環生，幾十個黑人正由叢林裡衝出，向我直奔而來，可是那個高大黑人的動作，使我義憤填膺，不惜孤注一擲。勒住馬，在千鈞一髮之際瞄準目標，扣下了扳機。運氣真好，我瞧見那個黑人往前栽下，倒在裸露的魏爾曼身旁。我用靴刺踢馬，全速奔逃，身後追兵幾乎已趕上我。我所看到的最後一幕是，那隻黃狗撲向牠的主人——他被我一槍擊中要害，這一點後來我們也得到了證實。

「你也知道，跟黑人之間的戰爭斷斷續續打了好一段時間，雙方極少正面交鋒，都是小型的叢林衝突，就跟魏爾曼喪命的那一次戰役差不多。

「六個月後，馬里克及儒邦堡地區已恢復了相當的平靜。有一天，在魏爾曼遺孀的請求下，我跟一大夥地方人士去給她先生收屍，打算葬在農場的小墓園。我們在隨行的馬車上放了一副棺材。

「我們毫不費事的就找到了戰鬥區。其實，魏爾曼被殺的地點，距他自己的農場不遠。在與黑人衝突的那段期間，這附近的所有農場都只好暫時任其荒蕪了。一行人終於到達我記憶中魏爾曼被殺倒地，而其身旁躺著那高大黑人的現場。打從老遠，我就再度瞧見那隻黃狗，可是還不等到我們接近，牠就一溜煙的鑽入樹叢裡。我不禁感到，必有某種東西鼓舞著那隻畜牲的忠心，儘管這種東西是附著在一個死去的黑人身上。

「這時我們面臨了一種尷尬棘手的情況，魏爾曼和那個黑人的屍體，只剩下一些曬乾了的肉片和支離破碎的白骨。太陽、野獸及食肉鳥早已各顯身手。眼前是一堆人骨及散落四處曬焦的韌帶狀人肉，但我們實在無法分辨那一部分是白人的，那一部分是黑人的。更糟的是，不少骨頭根本就找不到了，顯然是被野獸拖入叢林中的窩穴。而最要命的是，魏爾曼和那個黑人的身材又剛好一樣。」

史多福講到這兒停頓了一下，好讓我對當時的情況能稍微思索一下。我可以完全想像得出那夥波爾人心中是如何感受的，在想到把一個川斯瓦省居民的遺骸帶回去交給其遺孀，去舉行基督教的葬體，而或許會有不少的黑人骨頭混雜其中，跟這白人長眠一穴，墳上還飄落著紫紅色的夾竹桃花瓣。

「我記得當時同夥中有一個人說，這真是黑人戰爭中最糟糕的一件事，」史多福繼續道。「如果這是跟英國人作戰，把一個英國佬的部分遺骸誤放在同一個棺材，也就沒有這麼大的關係了。」

對我而言，這個故事中的情節，簡直離奇得跟非洲草原一樣。史多福說，那一小夥波爾人，花了將近整個下午的時間把黑白兩人的遺骸分開。到了傍晚，他們總算把所有看起來像魏爾曼的骨頭裝進馬車上的棺材裡。其餘的骨肉，則予就地掩埋。

史多福補充說，不管他們從前的膚色是如何不同，但也不能說，黑人的骨頭不如魏爾曼的白，或是被曬乾的黑人肉，要比白人來得更黑些。對於活人，黑白之間，你絕不會辨別不清；對於死人，你卻很難加以區別。

「自然，我們這群地方人士對這整個事件感到很不好過，」史多福說，「我們的憤慨是無以言喻的。事後，好幾位那天在場的人都告訴我，他們也跟我一樣有一種被壓抑的憤怒感。他們希望有人（一次就夠了）說一些諸如『他們至死不分』一類的話，那麼，一場怒氣就可以爆發開來，不過，沒有人開口，我們大家都心照不宣。兩天之後，在魏爾曼農場的小墓園中舉行了葬禮，沒隔多久，就立起了紅沙石墓碑，你現在仍可在那兒看到。」

這就是我燒退復原後，史多福告訴我的故事。正如我說過的，那是一則情節離奇一如南非草原的故事。但是，它卻使得我在病癒後，思潮起伏，心神不寧。特別是在史多福提到，在一個滿天星斗的清夜，他路過魏爾曼農場靜謐的墓園時，突然有一個東西從墓碑旁的土墩上跳出來，嚇了他一大跳。史多福說，這是他第三次在那條路上碰到那隻黃狗了。

基督徒與天主徒

柏斯曼／著　王壽來／譯

那是一個冷颼颼的夜晚，我們乘著貝克的馬車去瑞拉斯特城。我與駕車的貝克並肩坐在前排，後排坐著的是韋慕廷牧師和他的副手艾沙克長老，他們倆要趕路到首都普托利亞，參加基督教「荷蘭改革教會」的宗教大會。牧師的身材瘦削，長著一張鷹臉，而長老卻是一副肩寬體胖的模樣。

貝克跟我都沉默不語。我們一直是結伴做馬車伕，早就領悟到，當兩人連袂長途駕車時，最好是謹言慎語，少開尊口為妙。相依為伴的兩個人，話說得愈少就愈能相互溝通。

馬兒踏著輕快穩健的步伐向前行。車燈隨著馬車的行進左右擺動，照著迷濛不平的道路，弄得林間黑影幢幢。在後座，牧師與長老兩人正大談神學。

「布魯克繳給教會作為什一稅的劣種羊群，恐怕是你一輩子都沒見過的。」牧師說。

這時，車子進入多石的路面，所以我沒有聽清長老的回答，可是稍後，在嘎嘎作響的車輪聲中，我斷斷續續的聽到一些有關募集教會座席費的虔誠對話。

接著，牧師就開始談論巴布帝黑人土著，他們因為受到佛勒斯芳丹天主教佈道團的影響，正在改變其宗教信仰。牧師特別強調巴布帝族的無知，和天主教的偶像崇拜。牧師說，這一點與基督教大不相同，不過，對翹著屁股走路的巴布帝人而言，這兩種宗教儀式似乎沒什麼兩樣。

韋慕廷牧師一談起天主教的荒謬，言辭就格外犀利。他說得很大聲，所以我們在前座也能聽得一清二楚。我知道，貝克和我當時心中都很得意自己可是基督徒。入夜的寒氣，再加上燈光在荊樹林中慘白的搖曳，使得牧師的話語更顯得格外嚴肅。

我覺得，一個天主徒，要是大白天走在瑞拉斯特的人行道，或許沒什麼打緊，但是如果深更半夜駛過叢林之中，而身邊只有一盞繫在馬車一邊晃蕩不定的油燈時，情況就完全兩樣了。若是油燈突然熄滅，你置身在叢林中最孤獨無援的地方，頻頻擦燃火柴，那麼我想，身為天主徒一定是件恐怖無比的事。

這使我想起瑞禮與他的家人。他跟你我一樣是荷裔，惟一不同處，是他們一家人全為天主徒。在上一屆國會議員選舉時，瑞禮甚至投票給勒摩將軍，此舉使我們認為一定會給我們的候選人帶來不幸。可是勒摩將軍卻表示無所謂，他不在乎有多少天主教徒投票支持他。他說，一張天主徒所投的票，自然比不上一張基督徒的票，不過，在候選人名字後頭要劃的小叉叉十字記號，倒可驅鬼避邪，否則的話，這種邪魔鬼怪就會潛伏在天主徒的選票裡。勒摩將軍的看法果真不錯，因為那一次他就當選了。

我胡思亂想著，猛然間才驚覺到瑞禮就住在距離史佛頓山麓六哩外的農場，拂曉前我們會經過他建在路旁的農舍。想到在黑漆漆的夜晚駕車路過天主徒瑞禮的農地，而能有牧師與長老跟我們作伴，心中就感到舒坦不少。

我豎起耳朵想聽聽後座牧師對長老說的話，可是牧師再度扯到深奧難懂的教義，同時把嗓門兒壓低。我只能有一句沒一句的聽見長老的回答。

「不錯，牧師，」我聽到長老附和道：「你講得非常有道理。如果那個董事長再存心不幫你的兒子去當督察的話，你非得跟他挑明，你手中可握有一切有關他私生活的資料。」我這才領悟到，原來從神職人員的談話中，你也可以學到解決日常問題的金科玉律。

夜寒轉濃，夜色沉沉。

緊握著煙斗的手掌，是我全身唯一感到溫暖的地方。我的牙齒開始咯吱打顫。我希望下一次歇腳讓馬兒喘氣時，能升起火，煮點咖啡。可是，我知道在後座下的箱子裡，並沒有剩下半點咖啡。

我默默的坐在貝克旁邊，思緒繼續圍繞著瑞禮和他的妻小打轉。當然，我可以諒解瑞禮，他只不過是跟著他的父親和祖父信教罷了，如果你把天主教所信仰的，也稱為宗教的話。可是，現在的問題是他的老婆葛翠黛。她從小到大一直是個虔誠的基督徒。她是德洛格達．貝克家族的一員，其實，坐在我身邊趕車的貝克跟她還是遠房親戚。此中情形倒很耐人尋味。在陣陣寒氣不斷乘隙侵襲入骨的情形下，我心中暗暗的嘀咕著。

葛翠黛一眼看上瑞禮時，就把從小接受的教理全拋到九霄雲外去了。結婚的那一天，她對著鑲在一串念珠上的聖瑪利亞像祈禱，在頸子上戴了一個銀十字架，那嬌嫩嫩的脖子，就像她捧在胸口上的玫瑰花一樣柔軟潔白。從此，她就由一個可愛的基督徒，變成了天主徒。

我說過，在後座下的箱子裡已經沒有咖啡了，但是我很清楚，在前座底下卻藏有滿滿一瓶青桃白蘭地。事實上，我還能從貝克腳跟之間，看到冒出來的瓶嘴兒。

在一起駕車這麼些年了，不用問，我也曉得這一路上貝克心中始終在盤算著該怎麼拔掉瓶塞，而不讓牧師和長老搖頭反對。最後他想出來的招數，實在高明之至。

「牧師，這個瓶子裡裝的是白蘭地，」貝克對牧師說道：「我是為馬兒在遇到像現在一樣的寒夜時準備的。這是馬里克區的土法子，為了怕馬兒傷風感冒，我要含幾口白蘭地，然後噴入馬兒的鼻孔中，這樣子牠們就不會覺得太冷了。白蘭地有提神暖身之功。」

為了讓大家看是怎麼回事，貝克就站在靠近我們的這一邊，開始對著馬兒的臉部噴白蘭地。然後他向我招招手，我也跳下車來，站在他身旁，接替他把白蘭地噴入馬的眼睛和鼻子裡。我們這樣輪流的做了好幾回。

牧師為了表示對這種克服動物疲乏的老方法很感興趣，就頻頻發問。然而，他在我們下一回停車時所說的話，使我深深感到，就老奸巨滑而言，即使有一打的貝克，也無法與其一爭高下。

我們才把車剎住，牧師就緩緩的把手舉起。

「慢著，這一次不必麻煩你和你的朋友下車了。」當貝克的手再度碰到酒瓶時，牧師叫住他：「長老和我已商量好，幫你們向馬頭噴白蘭地。我們不忍心把所有的苦差事都讓你們擔當。」

之後，我們又停下來好幾次，結果天亮時距史佛頓山還有好長一路程。在微曦初露的曙光中，我們瞧見遠處荊樹叢中露出瑞禮的茅草屋頂。牧師提議大家去登門討杯咖啡，我們向他解釋瑞禮一家可是天主徒。

「可是，瑞禮的老婆不是你的親戚嗎？」牧師反問貝克。「她難道不是你的遠房堂妹或什麼的？」

「他們是天主徒。」貝克答道。

「咖啡。」牧師堅持不讓。

「天主徒。」貝克頑固的重複著。

用不著說，爭執的結果是，不久之後，我們就在瑞禮的農舍前卸馬下車。牧師在跟別人起爭執時，表現出來的就是這個樣子。

「就快喝到咖啡了，」牧師在我們走向大門時說道。「煙囪正冒著煙呢！」

不待我們拍門，葛翠黛就把兩截式的上下門一起打開了。當她一眼看見站在面前的是一個荷蘭改革教會的牧師時，不禁有些吃驚。葛翠黛雖然嫁給瑞禮已經十年，她看上去仍然是豔光四射。

當她走上前去要親吻堂兄貝克時，我看見他很難過的把頭撇開。我明白，由於她下嫁天主徒，已使他們整個家族蒙羞。

「葛翠黛，妳見到我似乎很吃驚的樣子。」牧師說道，他直接叫她的名字，好像她依舊是屬於他的教會似的。

「是的。」葛翠黛答道。「是的！我是嚇了一跳。」

「我猜妳只歡迎天主教士上門。」貝克挖苦道。不過，他的語氣倒非全不友善。

「不錯，我正在期待天主教士，」葛翠黛邊說邊帶著我們走進客廳。「但是，如果天主要派牧師及長老來，我認為也沒有什麼不好。」

等她說明發生了什麼事後，我們這才了解為什麼她看上去那麼憂心忡忡的樣子。原來她八歲大的女兒被蛇咬了，大家無法從傷口看出來咬她的蛇究竟是哪一種眼鏡蛇。瑞禮已駕騾車到佛勒斯芳丹城去請天主教士來了。

他們把被咬的地方割開，燒灼傷口，並敷上紅藥水，除此之外，只好聽命於上帝了。

這也就是為什麼當葛翠黛瞧見牧師和長老站在門前時，她相信是天主派他們來的。

我很高興，貝克並沒有在那個節骨眼兒想到去提我們原本是來索咖啡喝的。

「沒有問題，我願為妳小女兒的康復祈禱。」牧師對葛翠黛說道。「帶我去見她。」

葛翠黛猶豫不決起來。

「牧師，你可不可以，可不可以用天主教的方式替她祈禱？」

「可是，葛翠黛，」他說。「我曾在瑞拉斯特城的禮拜堂親自為妳做過堅信禮，現在妳怎麼能要我做這種事？難道妳在教義中沒有學到，天主教的儀式對聖靈不啻是一種嘲弄嗎？」

「我嫁給了瑞禮。」葛翠黛乾脆的答道：「他的信仰就是我的信仰。神父，瑞禮一直對我很好，況且我也很愛他。」

我們注意到葛翠黛叫牧師為「神父」，緊接下來是一陣沉默。環顧四周，我瞧見客廳一角的燭光在聖瑪利亞像前搖曳著。我趕緊把目光移開，以做到非禮勿視。

牧師的下一句話，使得我們大吃一驚。

「妳有沒有一種祈禱書什麼的？」牧師問道：「裡面是講使用天主教的方式來

……」

「我去另外一個房間裡拿來，」葛翠黛答道。

在她離開後，牧師故作輕鬆的安慰我們。

「我這樣做，只不過是想幫助一個不幸的母親罷了，」他對長老解釋著。「這是上帝所能瞭解的。葛翠黛長於基督教家庭，就某些方面而言，她仍舊是我們中的一員。她不曉得我根本就沒有資格為病人行天主教的儀式。」

長老正想說什麼。

就在這個時候，葛翠黛回來了，手中所捧的黑色小本子，幾乎會被誤認為是基督教荷蘭改革派的聖詩本。只是，我知道裡面所印的，就跟在角落裡燃燒的蠟燭一樣，邪氣十足。

不過，我不禁開始懷疑，巴布帝黑人雖然搞不清兩教的區別，而他們是否真的就是那樣愚蠢無知，即使他們走起路來屁股朝天。

「我的女兒就在另外一個房間。」葛翠黛說著，走向房門，牧師跟在後頭。就在要踏進臥室前，他轉過身來，面對著長老。

「弟兄，你願不願意跟我進去？」牧師問道。

長老沒有回答，他前額的筋脈暴露。從他臉上，你可以看出他內心的衝突掙扎。他一動也不動的愣在那兒好一會兒，然後俯身把沙發上的帽子揀起（他並不需要戴它），隨著牧師走進了臥室。

國家圖書館出版品預行編目（CIP）資料

心靈的綠洲：遇見翻轉人生的一句話 / 王壽來著 . --
初版 . -- 臺北市：遠流 , 2020.12
面；　公分
ISBN 978-957-32-8902-9（平裝）

863.55　　109016777

心靈的綠洲
遇見翻轉人生的一句話

作者—王壽來
主編—曾淑正
美術設計—丘銳致
企劃—葉玫玉

發行人—王榮文
出版發行—遠流出版事業股份有限公司
地址—台北市南昌路二段八十一號六樓
劃撥帳號—0189456-1
電話—(02) 23926899　傳真—(02) 23926658

著作權顧問—蕭雄淋律師
二〇二〇年十二月一日　初版一刷
售價—新台幣二八〇元

ISBN 978-957-32-8902-9（平裝）

YLib 遠流博識網 http://www.ylib.com　E-mail: ylib@ylib.com